GOLDMANN

Gerhard Zwerenz, Jahrgang 1925, stammt aus dem Vogtland. Nach einer Kupferschmiedlehre wurde er 1942 Soldat und geriet 1944 in russische Gefangenschaft. Von 1948 an war er Volkspolizist in Zwickau, studierte seit 1952 in Leipzig Philosophie (bei Ernst Bloch) und ging 1957 nach Westberlin und in die Bundesrepublik Deutschland. Gegenwärtig lebt er im Hochtaunus.

Zwerenz schrieb Romane, Erzählungen, kleine Prosa, Essays, Dramen, Hörspiele und Sachbücher. Dieses Werk veröffentlichte er in bisher rund 70 Bänden mit über zwei Millionen Exemplaren Auflage und Übersetzungen in alle wichtigen Sprachen.

Von Gerhard Zwerenz sind außer dem vorliegenden Band als Goldmann-Taschenbücher erschienen:

Auf den Tod ist kein Verlaß. Erotischer Thriller (6479)
Der chinesische Hund. Roman (6323)
Die Ehe der Maria Braun. Roman nach dem gleichnamigen Film von Rainer Werner Fassbinder (3841)
Erotische Kalendergeschichten. 12 Bände, für jeden Monat des Jahres einen (6565–6576)
Die 25. Stunde der Liebe. Roman (3971)
Gesänge auf dem Markt. Satiren und phantastische Geschichten (7033)
Eine Liebe in Schweden. Roman (3907)
Salut für einen alten Poeten. Rückblick aus dem Jahre 1994 auf die goldenen siebziger Jahre (3937)
Schöne Geschichten. Erotische Streifzüge (3987)
Die schrecklichen Folgen der Legende, ein Liebhaber gewesen zu sein. Erotische Geschichten (3674)
Ungezogene Geschichten (3928)
Wozu das ganze Theater? Roman (3824)
Wüste Geschichten von Liebe und Tod. Erotische Erzählungen (6384)

GERHARD
ZWERENZ

Lachen, Liebe, Laster

Erotische Stories

Originalausgabe

GOLDMANN VERLAG

Made in Germany · 7/84 · 1. Auflage · 1110

Umschlagentwurf: Design Team, München
Satz: Fotosatz Glücker, Würzburg
Druck: Elsnerdruck GmbH, Berlin
Verlagsnummer: 6720
MV · Herstellung: Sebastian Strohmaier
ISBN 3-442-06720-0

Inhalt

Wortschatz mit beschränkter Haftung

Als wir die Bar betraten, erregte Norman nicht unbeträchtliches Aufsehen. Schon als ich meinen Mantel abgab, war Norman von den beiden Garderobieren mit verwunderten Blicken bedacht worden.

Sie waren noch ziemlich junge Dinger und hatten wohl wenig von der Welt gesehen. Ich kümmerte mich nicht weiter darum. Norman betrug sich sehr anständig. Jedenfalls bot er nicht den geringsten Grund, ihn scheelen Auges anzusehen.

Die Bar war von ungewöhnlicher Größe. Das mußte auch sein, weil hier oft sehr teure Bands und Sänger gastierten, die hohe Gagen forderten. Die wollten erst mal verdient werden. Mit 'ner kleinen Bude ließ sich so viel Moos nicht machen. Wer da nicht ins Schleudern geraten wollte, mußte von vornherein groß auftrumpfen. Das taten die Barbesitzer, und das imponierte mir.

Bevor ich mich dazu entschloß, aufs Ganze zu gehen, wollte ich mich in dem Betrieb erst ein wenig umsehen.

Der Oberkellner, der auf uns zuschritt, paßte vorzüglich zum weltläufigen Stil des Hauses. Korrekte Kleidung, tadelloses Benehmen. Nur mit den Augen hatte er was. Sie waren eine Spur zu groß und zu rund und zu weiß. Das konnte davon herrühren, daß er sie zu weit aufriß.

Ich gab dem Mann in Gedanken einen Minuspunkt.

Benötigen Sie einen Platz oder zwei? erkundigte sich der Oberkellner.

Wir bekommen meist einen separaten Tisch angeboten!

antwortete ich in einem gutgelungenen Manöver, das den Mann zugleich ermunterte und zurechtwies.

Mein Wort wirkte.

Der Tisch gleich seitlich an der Bühne gestattete einen vorzüglichen Blick auf die Darbietungen. Ich bestellte Champagner, damit man im Hause Bescheid wußte, und nach einer halben Stunde hatte ich genug gesehen. Norman, sagte ich, diese Bar hat einen goldenen Boden!

Norman war offenbar zu ähnlichen Schlüssen gekommen. Er nickte lässig. Nichts dagegen einzuwenden.

Ich winkte der Bedienung, bat um die Rechnung, ließ ein reichlich bemessenes Trinkgeld auf dem Silbertablett liegen und erkundigte mich nach dem Weg zum Büro.

Der Oberkellner strich den Zaster ein. Er betrug sich jetzt normal und leistete auch seelisch keinen Widerstand mehr. Er war schon bestochen durch unser einwandfreies Auftreten, Bakschisch eingeschlossen. Diesen Gang entlang, bitte sehr, und dann die zweite Tür rechts!

Das war nicht zu verfehlen. Ich klopfte. Von drinnen ertönte ein Herein.

Wir traten ein.

Der Barbesitzer saß hinter einem märchenhaften Schreibtisch. Teuerster Jugendstil. Ein Mann von Geld und Geschmack.

Ich stellte mich vor. Dann Norman. Und dann bot ich unsere Dienste an.

Der Mann hatte sich inzwischen ebenfalls erhoben. Sein Gesicht zeigte deutliche Spuren von Verfettung und Verwunderung.

Wie kommen Sie darauf, daß wir so was wie Sie hier brauchen könnten? fragte der Barbesitzer.

Ich zog die Zeitungsanzeige aus der Tasche und reichte sie ihm. Das stammt doch von Ihnen und bezieht sich auf Ihr Haus? fügte ich der Übergabe des Artikels hinzu.

Der Mann vertiefte sich in seine eigene Reklame.

Ich kannte die Annonce inzwischen auswendig. Sie war gut und exakt abgefaßt und ließ sich leicht merken.

Der Text lautete: »*Domizil,* die Bar für Menschen von Welt, sucht nette Mädchen, 18–24 J., mit guten Umgangsformen (auch Exoten) als Tischdamen. Langjährig eingeführter Betrieb mit erstklassigem Ruf. Stilvolle, luxuriöse Einrichtung. Gutes Publikum. Kostenlose Abholung und Heimbringung. Menschlich angenehmes Betriebsklima. Ehrliche und solide Geschäftsführung. Samstags und sonntags frei. Auch Anfängerinnen erhalten eine gute Chance. Rufen Sie an. Sie werden angenehm überrascht sein.«

Der Barbesitzer hatte seine Werbung überflogen und musterte Norman und mich mit einem leicht stieren Blick.

Schön, sagte ich, wir hätten vorher vielleicht bei Ihnen anrufen sollen, doch ich dachte, es ist besser, wir stellen uns beide persönlich vor. Der persönliche Eindruck ist noch immer der beste. Was soll man erst lange telefonieren!

Ja aber, sagte der Barbesitzer, was soll ich mit einem Papagei?

Ich erkannte jetzt ganz deutlich, sein stierer Blick galt vor allen Dingen Norman, der friedvoll und nicht ohne Würde auf meiner Schulter saß.

Oh, sagte ich, ich bin wohl eine Erklärung schuldig. Ich nenne ihn nur Norman. In Wirklichkeit ist er eine Frau!

Wie bitte?

Eine Frau! sagte ich und fügte, die Stimme leicht anhebend, hinzu: Weiblich, kapiert?

Dabei wölbte ich meine Hände vor meine Brust. Das sollte dem Lackaffen Brüste andeuten, schwellende, brünstige, weibliche Titten.

Der Kerl stierte nur noch stierer.

Sie werden mit Norman sehr zufrieden sein, erklärte ich, er legt größten Wert auf ein menschliches Betriebsklima. Das ist gewissermaßen seine Vorbedingung, sonst tritt er nicht auf. Er mag keine Streitigkeiten hinter der Bühne. Na, und daß samstags und sonntags frei ist, kommt einem gewissen Hang Normans zum Müßiggang sehr entgegen. Nur abzuholen und heimzubringen brauchen Sie ihn nicht. Das besorge ich. Schließlich sind wir miteinander eng befreundet. Wir schlafen auch im gleichen Raum, wenn Sie verstehen, was ich meine.

Mit der letzten Bemerkung versuchte ich die frostige Stimmung etwas anzuwärmen. Norman stammte schließlich aus Afrika. Er besaß ein sonniges Gemüt. Der Barbesitzer schien dagegen aus Grönland zu kommen.

Und was also soll ich in meiner Bar mit einem Papagei? fragte der dämliche Kerl jetzt.

Ich blieb entschlossen ruhig. Norman ist eine Frau Papagei! versetzte ich im höflichsten Ton, der mir zur Verfügung steht, dessen Vorrat allerdings langsam dahinschwand.

In diesem Moment wurde hinter uns die Tür geöffnet. Norman und ich wandten uns um. Eine ungeheure junge weibliche Geschlechtsperson war eingetreten.

Eine Mischung von traumhafter Jugendlichkeit und dem Sex-appeal der Marilyn Monroe.

Norman begann unwillkürlich schwer zu atmen.

Auch mir blieb ein ganz klein wenig die Luft weg.

Störe ich? erkundigte sich das weibliche Wesen charmant.

Keineswegs! sagte Norman.

Oh, rief das Mädchen entzückt aus, spricht er etwa? Sie trat näher heran.

Schweinerei! rief Norman.

Tatsächlich, sagte das Mädchen, er spricht!

Entschuldigen Sie bitte, sagte ich, aber er drückt sich eben in der Sprache seines Heimatlandes aus. Sie ist ziemlich direkt, aber grundehrlich!

Schwein! sagte Norman, mich anblickend.

Das ist ja ein entzückendes Baby! jubelte das Mädchen, dem eine Art Wölkchen die Brüste hochschweben ließ.

Norman mußte das gleich zu Anfang aufgefallen sein. Den Blick starr auf die beiden Naturwunder geheftet, wiederholte er hingerissen: Schweinerei!

Nun ja, suchte ich abzuwiegeln, er hat eine ziemlich strenge katholische Erziehung hinter sich. Sie verstehen, Missionare, in Afrika, ja!

Ach, der Arme! Das Mädchen näherte sich Norman mit dem Finger.

Mehr! schrie Norman.

Ja, ja, sagte ich, Norman geht gleich aufs Ganze!

Wie schrecklich schön! jubelte das Mädchen.

Sehen Sie, sagte ich zu dem fassungslos dazwischenschweigenden Barbesitzer, bei den beiden hat es gefunkt!

Schweinerei! rief Norman nochmals und bewegte unternehmungslustig die bunten Flügel.

Und was für einen schönen Schwanz er hat! stellte das Mädchen fest.

Nein, sagte ich, da muß ich Sie enttäuschen, meine Teuerste, er ist nämlich eine Frau. Er hat keinen.

Meine Eröffnung wirkte keineswegs abschreckend, wie ich beabsichtigt hatte, um wieder ein wenig Distanz herzustellen. Nein, im Gegenteil! Die Augen der jungen Dame begannen zu oszillieren, dann zu funkeln und endlich wie Feuer lichterloh zu brennen.

Der Schreck fuhr mir in die Glieder. Jetzt erinnerte ich mich genauer. Hatte ich die Dame nicht vorher auf der Bühne beobachtet? Gehörte sie nicht dem Lesbentanzpaar an, das mit seiner unerhört frivolen Show auftrat vor den Gästen?

Norman, flüsterte ich, aufgepaßt, daß du dich nicht verbrennst!

Was ist? krächzte Norman. Die Dame hat Feuer?

Mein Gott! Das Mädchen klatschte vor Entzücken in die Hände. Er kann tatsächlich sprechen! Sie wandte sich an mich: Was kann er sonst noch?

Na schön, dachte ich, cool wie ich bin, wenn es mit der Abschreckung nicht läuft, dann vielleicht mit der Verlokkung. Ich sagte: Norman ist ein reines Wunder! Und er legt auf ein gutes menschliches Betriebsklima größten Wert, wenn Sie verstehen, was ich meine!

Herr Speidel, das Mädchen wandte sich an den fassungslosen Barbesitzer, Sie müssen Norman eine Chance geben!

Ich blickte den Herrn Speidel an. In seinem Gesicht

tauchte zwischen der enormen Verfettung und der noch immer nicht ganz überwundenen Verwunderung so was wie Gier auf. Kein Zweifel, Herr Speidel genoß die andere Seite der jungen scharfen Lesbe. Und wenn das so war und wenn die nette Kleine jetzt den Norman haben wollte, so mußte Herr Speidel einfach akzeptieren, denn sonst würde ihm die Lesbe den Zutritt verweigern.

Ich sah ziemlich klar.

Was soll ich tun? hörte ich Norman in mein Ohr flüstern. Der Schlaumeier wußte natürlich längst, was er tun sollte, er war ja eine Frau, und zwar eine besonders kluge.

Inzwischen sind einige Wochen vergangen. Norman ist eine Zugnummer in der Bar. Ich hatte vollkommen recht damit, daß Exoten besonders gut ankommen.

Norman legt einen heißen, echt afrikanischen Strip hin, bei dem es den Gästen die Haut rötet, allein vom Zuschauen. Obendrein heizen wir die Atmosphäre tüchtig durch Werbung an. Die Zeitungen sind voll von unseren PR-Sprüchen. Alle Leute wollen Norman erleben. Die Bar macht Umsatz wie noch nie. Na, wer hat schon mal gesehen, wie ein weiblicher Papagei sich aller Federn entledigt! Es ist die Sensation der Stadt. Auch ein TV-Team hat sich bereits angemeldet. Demnächst tritt Norman in Robert Lembkes *»Was bin ich?«* auf. Aber als Stargast. Lembke hat sich nur besorgt erkundigt, ob Norman auch wirklich den Schnabel halten könne. Ich habe den Mann beruhigt. Sicherheitshalber kriegt Norman eine rosa Schleife um den gebogenen scharfen Schnabel.

Ehrlich gesagt ist das alles nur die Wirkung unserer raffinierten Reklame. In Wirklichkeit ist es mit Norman halb so heiß. Aber er beherrscht uns alle. Weil Nicole auf ihn steht. Zwar läßt sie den Barbesitzer auch ran. Doch das ist pure Berechnung. Dadurch stärkt sie ihre Stellung. Wahre Begeisterung bringt sie erst danach auf, wenn sie allein in ihrem Appartement sitzt. Mit Norman.

Ich habe ihn schon mehrmals danach gefragt, was die

beiden Verwegenes miteinander anstellen.

Doch er legt nur den Kopf schräg, flattert ein wenig obszön mit den Flügeln und antwortet dann: Schweinereien!

Ich fürchte, ich werde nie herauskriegen, was die beiden machen. Normans Wortschatz ist leider sehr beschränkt.

Lachen, Liebe, Lüste

Als das Weihnachtsfest herannahte, wurden wie andere Jahre auch die einzelnen Wünsche laut. Mama wünschte sich einen Morgenmantel aus Samt, Änn brauchte einen neuen Auspuff für ihr Mofa, und Julie wünschte sich eine Reise in die Karibik.

Als Ludwig, der Familienvater, abends nach Hause kam und die Weihnachtswünsche der Familie hörte, nickte er gottergeben, denn es war seit langem Brauch, daß die Wünsche respektiert wurden, weil eben nur einmal im Jahr Weihnachten ist.

Als Mama Ludwig nach seinem Wunsch fragte, antwortete er, ohne die Stimme zu heben: Ich wünsch' mir eine tüchtige junge Hure.

Als er seinen exquisiten Wunsch vorgebracht hatte, sahen sich seine Frau und die beiden Töchter beziehungsvoll an. Doch wagte keine einen Einwand, denn sie hielten es seit langem so, daß jeder Wunsch erfüllt wurde.

Falls er nicht gar zu ausgefallen war.

Darüber erhob sich andern Tags in der Familie Streit. Änn hätte längst ins Büro abschwirren müssen, Julie schwänzte die erste Schulstunde, und so verließ Ludwig an diesem Morgen als erster die Wohnung.

Zurück blieb eine leicht ratlose Restfamilie.

Änn meinte, man solle dem Vater seinen Wunsch einfach abschlagen. Aber Änn war schon immer die Revolutionärin in der Familie, die zu radikalen Lösungen neigte.

Julie plädierte dafür, dem Vater den Wunsch zu erfüllen.

Es sei schließlich nur einmal im Jahr Weihnachten. Julie, die viel reiste, nahm's mit den Männern nicht so genau. Deshalb neigte sie auch dem Vater gegenüber zu einer gewissen Großzügigkeit. Außerdem konnte es Julie ziemlich gleichgültig sein, was daheim zur Weihnachtszeit geschah, sie weilte dann ja fernab in der Karibik, und wer weiß, wie es dort zuging.

Mama bewegte die Meinungen ihrer lieben Töchter in ihrem weiten, mütterlichen Herzen eine ganze schlaflose Nacht hindurch hin und her, und am Morgen sagte sie über den Frühstückstisch hinweg zu ihrem Mann: Ich weiß, Weihnachtswünsche sollte man erfüllen. Doch bitte, Ludwig, überleg's dir noch mal.

Ludwig setzte die Tasse ab und schlug mit einer unerwarteten, beinahe heftigen Bewegung auf den Tisch, aber weit genug entfernt von der gefüllten Kaffeetasse, so daß nichts überschwappte. Er erklärte: Nie schlug ich einem seinen heiligsten Weihnachtswunsch ab. Also solltet ihr es mit mir auch nicht tun!

Er erhob sich, obwohl er noch nicht zu Ende gefrühstückt hatte, und dies beschwerte das weiche Herz seiner Frau.

Ohne sich weiter um die zerstrittene Restfamilie zu kümmern, stürzte der Vater zu seinem Auto und fuhr ins Büro.

Und ich bin doch dafür, ihm keine tüchtige junge Hure zu Weihnachten zu schenken! bemerkte die revolutionäre Änn trotzig.

Mein Gott! erregte sich Julie, nun erfüllt ihm doch um Himmels willen seinen kleinen Wunsch!

Kleinen Wunsch nennst du das? bemerkte Änn spitz.

Aber wie soll ich so was bewerkstelligen? fragte die Mama.

Am Abend ging Julie in den Jugendklub, wo die Gruppe den Trip in die Karibik vorbereitete. Nebenbei erwähnte sie den absonderlichen Weihnachtswunsch ihres alten Herrn.

Was will denn dein oller Paps mit 'ner tüchtigen scharfen

Hure? fragte Bill, ihr Freund, erstaunt.

Er verlangt keine tüchtige scharfe Hure, sondern eine tüchtige junge, korrigierte Julie ihren Macker.

Is doch dasselbe! sagte Bill.

Is nich dasselbe, Bill.

Aber wozu will er so was haben? erkundigte Marion sich, Julies zweitbeste Freundin.

Dreimal darfst du raten! antwortete Julie.

Jetzt bezweifelte Bill, ob die Erwachsenen überhaupt über ein anständiges Geschlechtsleben verfügten, so wie die Jugendlichen und Kinder. Kann ich mir eigentlich kaum vorstellen, meinte er, wobei er sich einige Mühe gab, nicht herablassend zu wirken. Schließlich handelte es sich nicht um seinen eigenen Alten, sondern um den von Julie, und die konnte manchmal leicht übelnehmen.

Was meinst du wohl, wo du hergekommen bist? fuhr Julie ihm gleich in die Parade.

Ja, antwortete Bill, um Ruhe bemüht, das war doch früher. Ich nehme schon an, daß meine Eltern ein Geschlechtsleben besaßen, als sie noch zu den Jugendlichen zählten und mich zeugten.

Soll das etwa heißen, fauchte Julie, du meinst, du bist von jugendlichen Eltern gezeugt worden?

Ich nahm – ich nahm das bisher an! Bill stotterte beinahe, so hart nahm Julie ihn zur Brust.

Ich beginne daran zu zweifeln! giftete Julie, doch dann tat Bill ihr leid, außerdem wollte sie in der Nacht noch was von ihm, und so wurde sie wieder lieb wie eine Jungfrau.

Das versöhnte Bill. In Gedanken aber beharrte er trotzig: Diese Alten haben kein und überhaupt kein Geschlechtsleben.

Für ihn sprach, er glaubte das wirklich. Schließlich kannte er seine Eltern genau genug.

Julie wiederum, als sie sich von Bill hatte nach Hause bringen lassen und sich an der Tür von ihm verabschiedete, dachte: Und er ist doch von Greisen gezeugt worden...

Ludwig saß im Büro und verrichtete treu und brav seine lebenslängliche Schwerarbeit. Er erwartete nicht mehr viel vom Schicksal und hatte eigentlich schon so gut wie abgeschlossen. Die Bilanz war gezogen, was nachkam, würde nichts Grundlegendes daran ändern. Die Resignation kroch dick und fett über Ludwigs Büroschreibtisch.

Als er es das erste Mal so deutlich erkannte, beschloß er, wenigstens noch etwas ganz Abenteuerliches zu unternehmen. Lange hatte er überlegt. Hatte sich ungeheure Sachen ausgedacht und wieder verworfen. Es war nicht sein Stil, nach den Sternen zu greifen. Er mußte schon innerhalb seiner Grenzen bleiben, wenn er seine Grenzen überschreiten wollte. Es gab enggezogene und weitgezogene Grenzen.

Als Weihnachten nahte, begannen die Kollegen und Kolleginnen über ihre Wünsche zu sprechen.

Und was wünschest du dir dieses Jahr? wandte Herr Bäumler, sein Mitarbeiter, sich an Ludwig.

Oh, antwortete Ludwig, nichts Besonderes. Dabei errötete er bis über beide Ohren.

Das wurde bemerkt.

Ludwig hat sich dies Jahr was ganz Teures und Ausgefallenes gewünscht! hieß es im Büro.

Alle begannen zu flüstern. Was es wohl sei? Noch nie war Ludwig so verschlossen geblieben.

Normalerweise trug er sein Herz eher auf der Zunge.

Willst du uns nicht doch verraten, was es ist, Ludwig?

Aber der brave Mann schwieg still wie ein Grab, und nur ein schüchternes Lächeln umspielte seine Lippen.

Den Mitarbeiterinnen des Büros fiel auf, die Lippen Ludwigs waren in letzter Zeit voller geworden und glänzten auffallend rot.

Ihn drückt sein Blut! erklärte Martha, eine ältliche, ungeheuer vollbusige Sekretärin, von der es hieß, Ludwig habe ihr ein Vierteljahrhundert früher mal drübergestrichen.

Er hat keins! beschieden zwei jüngere Damen die anwesende Teilöffentlichkeit. Ihnen hatte Ludwig nie drübergestrichen. Sie hätten sich's auch sehr verbeten. Alte Kerle wie so einer haben kein Geschlechtsleben.

Ludwig lächelte noch eine Spur schüchterner. Und gleichzeitig listig, fast wie ein alter Fuchs. Vielleicht war er einer.

Egal wie man zum Weihnachtsfest stehen mag, eines ist sicher, mit der Zeit rückt es immer näher.

Drei Weihnachtswünsche waren bereits erfüllt worden. Mit festlichem Papier und bunten Schnüren verpackt lagen zutiefst in einem Schrank Mamas samtener Morgenmantel und Änns nickelglänzender Auspuff. Julies Reisepapiere in die Karibik steckten in einem riesigen Umschlag, auf dem eine nackte Südseeschönheit prangte.

Nur Papas tüchtige junge Hure war noch nicht gebongt worden.

Als das Fest so weit herangenaht war, daß selbst Ungläubige es als unausweichlich bevorstehend einschätzen mußten, machte Mama sich auf den Weg.

Sie parkte ihren Familienklein- und Zweitwagen am äußeren Ende des berüchtigten Viertels, blieb eine halbe Stunde unschlüssig und unaufhörlich unverständliche Flüche murmelnd sitzen, dann schritt sie zur Tat.

Mama näherte sich dem Dreihaus. So wurde seit dem Mittelalter ein Gebäudekomplex genannt, der aus drei unterschiedlichen Etablissements bestand.

Links außen war ein billiger Puff. Rechts außen eine Millionärsabsteige. In der Mitte stand das Haus mit bürgerlichen Preisen.

Mama betrat zuerst den ordinären billigen Puff.

Sie gab sich vor der Tür einen energischen Ruck. Als sie drinnen war, stand da eine alte fette Person, die Mama erstaunt besichtigte und sodann mit weiblichem Baß etwas hören ließ, das ungefähr lauten mochte: Na, Kleene, willste ficken oder gefickt werden?

Mama machte auf dem Absatz kehrt und entschloß sich – man darf das als kurze geistige Verwirrung einschätzen – zum Betreten der Millionärsabsteige.

Sie gelangte durchs Portal und wurde gleich derart von der imaginären Wucht des vermauerten Marmors getroffen, daß sie rückwärts wieder aus dem Palast taumelte.

Blieb also, Papas Weihnachtswunsch zu erfüllen, nur noch das Haus in der Mitte, ein solides Unternehmen, wie sich schon von außen feststellen ließ, welcher Eindruck sich beim Betreten noch festigte, wie Mama aufatmend registrierte.

Sie gelangte in eine Art Vestibül, modern und mit sicherem Geschmack eingerichtet und von vertrauenerweckenden Damen bevölkert.

Eine dieser Empfangsdamen näherte sich Mama, umfaßte deren ganze Erscheinung mit einem tastenden Blick und fragte: Sie wünschen bitte?

Mama musterte ihrerseits die Fragende und stellte aufatmend fest, hier herrschten abendländische Sitten und Gebräuche.

Das ist so, begann Mama ihre Erläuterung und unterbrach sie sofort wieder. Sie wußte nicht, wie sie sich erklären sollte.

Ja bitte? suchte die Empfangsdame ihr zu helfen.

Mama antwortete kurzentschlossen: Kann ich bitte den Herrn Direktor sprechen?

Die Empfangsdame stand wie zur Salzsäule erstarrt. Nur das Lid ihres rechten Auges schlug zweimal auf und nieder, eine Bewegung, die Erregung verriet.

Wir haben keinen Herrn Direktor, erläuterte die Empfangsdame, die nun ihr zuckendes Augenlid wieder beherrschte, doch wenn es Ihnen nichts ausmacht, werde ich Sie mit unserer Frau Direktor bekanntmachen!

Die Frau Direktor war eine dezent gekleidete, etwas mollige Dame in reiferen Jahren. Sie hatte auffallend runde Mopsaugen, in denen mütterlicher Witz blitzte.

Ich bin hier die Frau Direktor, erklärte die Mopsäugige lustig, Sie können mich aber auch ganz einfach Puffmutter nennen! Sie streckte eine kleine fleischige Hand vor, und

Mama ergriff die Hand und war plötzlich gar nicht mehr sauer und kein bißchen aufgeregt.

Worum handelt es sich denn? erkundigte sich die Frau Direktor. Mama war heilfroh, auf so eine direkte und verständige Person getroffen zu sein. Meine Liebe, brach es aus ihr heraus, denken Sie sich nur, mein Ludwig wünscht sich zu Weihnachten eine tüchtige junge Hure!

Das Gespräch wurde der notwendigen Diskretion wegen im Büro der Puffmutter fortgesetzt.

Die Damen schlürften dabei einen ungeheuer süßen Likör, der das bevorzugte Leibgericht der Frau Direktor war, während Mama anfangs davor zurückschreckte, mit der Zeit allerdings Geschmack daran fand.

Der Dialog der beiden Damen ist ziemlich genau überliefert, der eingebauten elektronischen Abhöranlagen wegen. Nach höflichem Vorgeplänkel übers Wetter, die Preise und die beschissene allgemeine Weltlage kam man zum Kern der Sache.

Die Frau Direktor begann mit der Erkundigung: Ihr Herr Gemahl, meine Liebe, ist er etwa pervers?

Mama dachte nach. Nein, direkt pervers kann man wohl nicht behaupten...

Was verstehen Sie unter »direkt pervers«, meine Liebe?

Jetzt geriet Mama in Verlegenheit. So genau hatte sie noch nicht darüber nachgedacht. Wie hätte sie auch annehmen können, in eine solche Situation zu geraten...

Alle Männer sind pervers! versetzte die Puffmutter.

Obwohl es Mama bisher nicht so gesehen hatte, leuchtete ihr die Erläuterung der erfahrenen Frau ein. Gewiß war Ludwig auch pervers, denn wie sonst erklärte sich sein Weihnachtswunsch?

Mama nickte einverständig.

Davon leben wir schließlich! fügte die Puffmutter hinzu, sich selbst, ihre Damen sowie Mama mit einer allumfassenden Armbewegung einbeziehend.

Mama nickte wiederum. Sie begriff die Welt plötzlich viel

besser als vordem. Jedenfalls waren die Erläuterungen der Puffmutter klar und einleuchtend.

Wenn sich ein Mann zu Weihnachten eine junge scharfe Hure wünscht, setzte die Puffmutter ihre Rede fort, dann –

Tüchtig und jung! unterbrach Mama die Frau Direktor.

Tüchtig und jung? Die Puffmutter lächelte weise. Wo ist da der Unterschied zu jung und scharf? Lassen Sie es sich gesagt sein, meine Liebe, die Männer wünschen sich alle dasselbe, sie wollen einfach eine kleine, liebevolle Tochter, so eine Knutschpuppe zum Schmusen, verstehen Sie?

Mama war entsetzt. Das Wort Tochter paßte ihr gar nicht. Das Wort Hure paßte ihr zwar ebenso wenig, doch im Zweifelsfall war Hure immer noch besser als Tochter.

Na schön, knurrte die Puffmutter, wenn ich Ihnen mit Sigmund Freud nicht dienen kann, dann bleiben wir eben volkstümlich. Hör mal, meine Liebe! Die Puffmutter wurde ganz vertraulich. Die Männer wünschen sich alle denselben Typ, eine junge, tüchtige, scharfe und supergeile Nutte soll es sein, richtig?

Mama war froh, von der Tochter weggekommen zu sein, und antwortete mit einem glasklaren: Ja!

Siehste, sagte die Puffmutter, und dieser Wunsch ist das Normalste von der Welt, nur daß sich ein verheirateter Familienvater so was ausgerechnet zu Weihnachten wünscht, also das ist, entschuldige bitte, eine ausgesuchte Sauerei!

Mama sah es eigentlich auch so. Jetzt freilich, als die Frau Direktor es derart unbeschönigt aussprach, war Mama versucht, ihren Mann in Schutz zu nehmen. Vielleicht, setzte sie tastend an, kam aber nicht weiter, denn die Puffmutter fiel ihr gleich ins Wort. Dein lieber Mann ist ein Lüstling! erklärte sie scharf.

Mama wagte keine Widerrede. Zudem neigte sie jetzt selbst zu dieser fatalen Ansicht. Tatsache – sie hatte das bis jetzt noch gar nicht so gesehen, doch es war was dran. Es war sogar viel dran. Ludwig war ein ausgemachter Lustmolch!

Ihr fielen jetzt ein paar Dinge ein... Sie lagen zwar alle reichlich weit zurück, Sünden der Vergangenheit, doch wie anders sollte man sich derlei erklären? Ihr Mann war von Anfang an ein Triebmensch gewesen! Krankhaft geradezu!

Mama schüttelte sich entsetzt. Sie erbleichte sichtbar, und dann errötete sie wie seit ihrer Jungmädchenzeit nicht mehr.

Was ist mit Ihnen? säuselte die Puffmutter, die kraft ihres in langen Arbeitsjahren entwickelten psychologischen Feingefühls sehr genau erriet, was sich in ihrem jeweiligen Gegenüber abspielte.

Mit diesen ihren hypersensiblen seelischen Antennen hätte die Puffmutter eine Weltbank leiten können; allein dafür war sie nicht pervers genug. Außerdem liebte sie ihren Beruf und hatte nie daran gedacht, ihn zu wechseln. Weshalb sollte sie auch, bei der Macht und dem Ansehen, die sie genoß?

An welche Ausgaben hatten Sie denn gedacht, meine Liebe? erkundigte sich die Frau Direktor.

Mama war vorbereitet. Normalerweise bewegte sich ein Weihnachtsgeschenk pro Person so um die hundert Mark. Doch dies war ein außergewöhnliches Weihnachtsfest. Julies Reise in die Karibik zum Beispiel kostete mehrere Tausender. Wenn aber das Vergnügen einer Tochter so hoch kam, so konnte sie das Vergnügen ihres triebhaften Ehemannes nicht gar so weit darunter halten.

Hm! machte die Mopsäugige entschlossen, als Mama ihre Preisvorstellung verraten hatte, dafür, meine Liebe, bekommen Sie einen ganzen Puff!

Es dauerte eine Weile, bis die Frau Direktor der Kundin alles hinreichend ausführlich erläutert hatte. Die Vorstellung, ihrem lieben Ludwig zu Weihnachten ein buntsortiertes Bordell zu offerieren, überforderte das Fassungsvermögen seiner Frau ein wenig.

Die Freudenhausdame mußte gegensteuern und Mama mit vielen Worten, Likören und einigen Streicheleinheiten wieder ent-schocken. Doch entfaltete die Mopsäugige alle ihre Puffmütterlichkeit und stabilisierte die Seele der Bestellerin.

Dabei erfuhr Mama viel über die verborgenen Gelüste der Männer, ihre dunklen Triebhaftigkeiten und prächtigen Pathologien.

Mama staunte erst, dann empfand sie die Eröffnungen als ganz normal. Sie hatte die Männer allgemein und ihren Mann im besonderen schon immer verdächtigt, von geschlechtlichen Abgründen zerrissen zu sein, nur hatte sie nie den Mut aufgebracht, ihre Vermutung konsequent zu Ende zu denken. Welche Frau wagt schon eine derartige Analyse. Wo bleibt denn da die Liebe!

Mama und die Frau Direktor einigten sich. Heiligabend würde Ludwig genau das zuteil, was er seit seinem vierzehnten Geburtstag immer ersehnt hatte. Statt einer einzigen jungen tüchtigen Hure bescherte man dem Familienvater einen ganzen scharfen und supergeilen Puff.

Mama fühlte sich ganz gerührt, als sie sich die Freude des Beschenkten ausmalte.

Drei Tage vor dem Fest versammelte die Puffmutter ihre Zöglinge im Vestibül. Es war nicht viel los an diesen Abenden, der übliche Vorweihnachtsbetrieb, also mit stark nachlassender Tendenz. Das Familienfest warf seine Schatten voraus.

Mädchen, hört mal gut zu! begann die Puffmutter. Ihr erinnert euch gewiß alle an den vorjährigen Heiligabend, ja?

Ja! antworteten die Huren fröstelnd. Weihnachten war immer so ein blödes, langweiliges Fest. Die Kunden mußten daheim im Kreise ihrer Lieben feiern, die Huren blieben allein und einsam, derart kehrte sich der Lauf der Welt an diesem elenden Abend um.

Mädchen, rief die Puffmutter, diese Weihnachten wird alles anders.

Von wegen anders! maulte Kristina, die auf schwedische

Schönheit getrimmte langbeinige Frührentnerin aus Wuppertal.

Doch wird es anders! Die Puffmutter senkte jetzt die Stimme, womit sie ihre Damen zum aufmerksameren Zuhören zwang. Diese Weihnachten haben wir Familienanschluß!

Mehrere Mädchen sprangen erfreut auf. Das war eine echte Sensation.

Familienanschluß? riefen sie erregt, und ihre Phantasien gingen mit ihnen feurig durch. Gewiß dachten sie jetzt an ihre selige Kindheit, an den Tannenbaum und fröhliche Weihnachtslieder. Und all das sollte jetzt aufleben? Nicht zu fassen!

Ja, flüsterte die Puffmutter und spielte ganz den Weihnachtsmann, der seine Geschenke in Fülle austeilte, jawohl – wir gehen alle miteinander zu einer richtigen netten deutschen bürgerlichen Familie, dort singen wir unterm Weihnachtsbaum die alten schönen Weihnachtslieder, dann beschenken wir uns und lassen uns beschenken, und so feiern wir eine richtige rührende Weihnacht zusammen.

Und was kostet dieser ganze Luxus? Mit dieser fatalen und höchst prosaischen Frage durchbrach Mia, die Brettbrüstige, den Freudentaumel. Aber Mia war eben durch und durch Materialistin. Sie glaubte nicht an Gott und ging schon aus Prinzip nie in die Kirche.

Es kostet nicht die Bohne, sagte die Puffmutter, im Gegenteil. Wir werden dafür auch noch bezahlt!

Diese Eröffnung machte die Mädchen sprachlos. Nur die eiskalte Mia ließ sich nicht einfach unterjubeln und mekkerte: Zu Weihnachten wird bei mir jedenfalls nicht gebumst!

Daraufhin brach unter den Mädchen ein fürchterlicher Tumult aus. Die einen neigten Mias Meinung zu, wonach eine Hure am Heiligabend abstinent zu sein habe, schon aus Prinzip, wo nicht aus Moral. Die anderen sagten, gebumst sei gebumst, ob nun zur Weihnachtszeit oder an Ostern oder Pfingsten. Wo käme man denn hin, wenn man in dem Job die staatlichen und kirchlichen Feiertage alle einhalten wolle. Daran kranke schon die freie Marktwirtschaft, an den viel zu vielen Feiertagen, jawohl und besonders in Bayern, angeschafft werden müsse so und so, eine Nutte sei doch kein Beamter, der sich jede Menge Feiertage leisten könne, weil er auch an anderen Tagen nichts leiste.

Am Ende des Trubels wurde abgestimmt. Resultat: 21 zu 1 – mit anschließender Debatte bis Mitternacht. Danach erklärte sich selbst Mia bereit, an Heiligabend mit Familienanschluß Geld zu verdienen.

Ihr tut es nur wegen der verdammten Romantik, schimpfte Mia, ich aber mache kaltlächelnd auch in dieser Nacht mein Moos!

Die Weihnachtsfestorgie begann am 24. Dezember abends genau um acht Uhr. Die Puffbelegschaft hielt auf Pünktlichkeit, das lag an der Frau Direktorin, die mit Minuten ebenso rechnete wie mit Geldscheinen, und die Mädchen strebten ihr darin züchtig nach.

Ludwig hatte dem Christfest noch nie in seinem Leben so entgegengefiebert. Dabei wußte er noch nichts von seinem übergroßen Glück. Nur die gewünschte tüchtige junge Hure war ihm von Mama zugesagt worden. Julie hatte vor ihrem Abflug in die Karibik noch etwas Seltsames geflüstert, was Ludwig allerdings nicht recht zu deuten gewußt hatte. Änn hatte ihren Papa mehrmals angeblafft, da machte er sich seinen Reim drauf. Wenn die Kinder ihre Eltern anschreien, neiden sie ihnen meist etwas. Ludwig bezog den Neid auf seinen Weihnachtswunsch, mag sein, Änn reagierte eifersüchtig auf die gewünschte tüchtige junge Hure. Nun, Kinderseelen reagieren empfindlich. Er, Ludwig, aber hatte nicht mehr so arg viele Weihnachtsfeste vor sich, es war hohe Zeit, sich einen besonderen Wunsch erfüllen zu lassen. Was wußten diese Gören schon davon!

Wahrscheinlich nimmt Änn an, ich hätte mein Geschlechtsleben längst abgeschlossen, überlegte Ludwig, und ihn fröstelte bei dem Gedanken, der zwar nicht genau ins

Schwarze traf, aber auch nicht so weit entfernt davon blieb.

Ludwig dachte an etwas Unterhaltsameres, um sich wieder in Stimmung zu bringen. Im Büro hatte er am Vortag doch noch seinen großen Weihnachtswunsch preisgegeben.

Hatte das ein Aufsehen erregt!

Ludwig, der langjährige stille und treue Mitarbeiter des Versicherungskonzerns – und er wünschte sich zu Weihnachten eine tüchtige junge Hure!

Herr Bäumler, sein Mitarbeiter, geriet ganz aus dem Häuschen. Eine kleine tüchtige Hure? wiederholte er aufgeregt, nein so was! Also das möchte ich mir auch mal wünschen können!

Mehrere Dutzend Angestellte liefen vor Ludwigs Schreibtisch heftig gestikulierend auf und ab. Meist Herren, denn die Frauen hielten sich abseits und einigten sich neidvoll darauf, daß es von einem so langverheirateten Herrn eine ausgemachte Schweinerei sei, das zu verlangen, und auch noch zur Weihnachtszeit.

Martha, die ältliche vollbusige Sekretärin, der Ludwig vor Jahrzehnten mal drübergestrichen hatte, triumphierte mit ihren Erfahrungen. Sie habe es schon immer gewußt; das sei ein Lüstling, meinte sie, ein ganz Perverser, dem man auch einen Lustmord zutrauen könne.

Blieben die Urteile bei den weiblichen Mitarbeitern eher negativ und sehr gespalten, setzte sich bei den Männern schnell die einhellige Meinung durch, Ludwig sei ein ganz ungeheurer Kerl, der es nur verstanden habe, sich als unauffälliger Untergebener zu tarnen.

Fortan nannten sie Ludwig: Ritter Wüstling, und in ihren Stimmen lag eine Hochachtung, die Ludwig nie einzufordern gewagt hätte. Jetzt fiel sie ihm einfach zu.

An diese Ehrungen des Vortags dachte Ludwig jetzt, am Abend des 24. Dezember, und als es an der Tür klingelte, durchfuhr ihn ein freudiger Schauer, denn er erwartete nun sein Geschenk, die gewünschte tüchtige junge Weihnachtshure.

Da öffnete Mama die Tür, und herein spazierten dreiundzwanzig aufregende junge und ältere Huren, angeführt von einer soliden Puffmutter.

Ludwig ging innerlich in die Knie und hielt sich nur aus Anstandsgründen äußerlich aufrecht.

Alle vierundzwanzig Besucherinnen hatten Geschenke mitgebracht, die sie in Händen hielten, verpackt und verschnürt, wie so Weihnachtsgeschenke überreicht werden.

Doch eingedenk der Tatsache, daß sie mit ihrem Auftreten zugleich den innigsten Weihnachtswunsch eines Ehemannes zu erfüllen hatten, traten alle vierundzwanzig Engel mit entblößten Brüsten an. Sogar die Puffmutter hielt mit und wies nicht die schwächsten Weihnachtstitten vor.

Nur einmal im ganzen Jahr ist Weihnachten, und wer gibt, der soll aus dem Vollen geben und schenken.

Als Ludwig die ganze stille Pracht überblickte, traf ihn das unverhoffte Glück mit einer solchen Wucht, daß er mit einem einzigen Ausruf des Entzückens besinnungslos zu Boden sank. Woraufhin achtundvierzig Einzeltitten danach gierten, ihn an sich zu betten und aufzuwecken zwischen den Weihnachtsfreudenglocken.

Was die weihnachtliche Orgie angeht, so machten bald die ungeheuerlichsten Gerüchte die Runde. Wie ein Lauffeuer verbreitete sich das in der Straße, im Viertel, in der Stadt. In der *Bild*-Zeitung erschienen mehrere anzügliche Berichte. In den Büros der Versicherungsgesellschaft stand Ludwig monatelang im Zentrum der Aufmerksamkeit. Sogar hohe Direktoren ließen ihn zu sich kommen und boten Beförderung an, wenn Ludwig die Wahrheit sage.

Ludwig antwortete darauf mit Gesten der Demut, und an Worten sparte er mehr noch als sonst. Dabei war er sein ganzes arbeitsreiches Leben lang kein Schwätzer gewesen, sondern eher ein stiller Dulder. Die beiden Töchter hatte seine Frau ihm beinahe gewaltsam abringen müssen, offen gestanden, doch Mama hatte das niemandem offen gestanden. Jede Frau hält auf die Würde ihres Mannes.

Im Versicherungskonzern bildete sich ein Ludwig-Verteidigungskomitee, das den guten Ruf Ludwigs wiederherstellen wollte. Es bestand fast ausschließlich aus Männern, die meinten, Ludwigs Weihnachtswunsch nach einer tüchtigen jungen Hure sei, wenn auch gewagt, so doch begreiflich und jedenfalls kein Grund, ihn gleich einer Orgie zu bezichtigen.

Das Komitee wandte sich besonders grimmig gegen die Meldungen in *Bild*, wo lang und breit von einer Orgie berichtet wurde, und nun schon in siebzehn Fortsetzungen.

Da sieht man doch wieder, was von diesem Scheißblatt zu halten ist, schimpfte Ludwigs Mitarbeiter, Herr Bäumler, der am Schreibtisch nebenan saß.

Herr Bäumler schwenkte wütend die Zeitung hin und her, auf deren erster Seite in riesengroßen Buchstaben wieder von Ludwigs Unersättlichkeit geschrieben stand. Da wünschest du dir eine unschuldige kleine junge Nutte, und was schreiben die Ganoven? Du hättest es mit einer ganzen Puffbesatzung getrieben!

Herr Bäumler raste vor Wut. Den Zeitungsfritzen würde er es noch geben!

Julie, aus der Karibik zurück und noch müde von dem kleinen Trip, war erst am späten Abend des letzten Ferientages daheim angelangt, hatte sich todmüde ins Bett fallen lassen, war am Morgen verspätet aufgestanden und dann zur Schule gehastet.

Hier hielten ihr die andern die Zeitungen vor die Nase.

Was? staunte das Mädchen, ein ganzer Puff, und bei uns daheim? Fassungslos begann sie zu lesen. In der Karibik hatte es keine deutschen Zeitungen gegeben. Jetzt wurde sie dafür voll bedient.

Und ich hatte schon geglaubt, Papa hätte wirklich kein Geschlechtsleben mehr! rief die fassungslose Julie aus, und Bill, ihr Freund, der es immer noch war, meinte: Diesen Alten ist einfach nicht zu trauen!

In der zweiten Unterrichtsstunde wurde Julie zur Klassensprecherin gewählt. Wegen ihres prominenten Vaters.

Tags darauf – man befand sich unterdessen schon in der zweiten Woche des neuen Jahres – erschien *Bild* mit einem toll recherchierten Intimbericht, einem unglaublich detaillierten Draufsetzer, der nur vom Weihnachtsmann persönlich verfaßt worden sein konnte, denn so viele Einzelheiten konnte sich kein anderer aus den Fingern saugen.

Als Ludwig sein Büro betrat, hingen die Kollegen traubenweise an der Zeitung.

Ludwig nahm Kenntnis von den Neuigkeiten, hob unschuldig die Schultern ein wenig an und setzte sich an seinen Platz. Dann sprach er die Worte: Das Lachen, die Liebe und die Lüste sind die drei Jahreszeiten des Männerlebens!

Die Kollegen vernahmen den Spruch so, wie in früheren Zeiten die wichtigsten Kernsätze großer Philosophen entgegengenommen wurden: in Ehrfurcht.

Der Satz fädelte sich in die Gehirne der Kollegen ein und fand von dort aus Zugang in alle Welt. Es wurde einer der bekanntesten, berühmtesten und wirksamsten Sätze.

Wenn irgendwo in der weiten Welt, nah oder fern, künftighin ein Mann etwas Plötzliches, Ungewohntes und Ungeheuerliches zu unternehmen beabsichtigte, zitierte er diesen Satz von Ludwig dem Stillen.

Etwa ein halbes Jahr später, als im Büro wieder einmal auf Ludwigs große Weihnachtsfete angespielt wurde, sagte Ludwig bescheiden: Aber es war doch gar nichts weiter. Ich bin gleich zu Anfang besinnungslos zu Boden gefallen!

Daraufhin warf sich Herr Bäumler, der Arbeitskollege vom Nachbarschreibtisch, tatsächlich auf den Boden und stöhnte: Ludwig ist wirklich der Allergrößte!

Und alle andern Kollegen, die davon erfuhren, meinten anerkennend: So was von Understatement gibt's nicht mal in Amerika!

Woraufhin Ludwig beschloß, bis zu seiner bevorstehenden Pensionierung nie mehr die Wahrheit zu sagen.

Um die Wahrheit zu sagen, es hätte ihm auch niemand die Wahrheit geglaubt.

Ludwig besaß seit jener Weihnachtsnacht einen von vierundzwanzig Unterschriften verzierten Schein, der ihn zum Gratisbesuch des Puffs berechtigte. Jede Woche einmal umsonst.

Ludwig hatte davon Gebrauch zu machen versucht. In der Karnevalszeit war er aufgebrochen. In Begleitung seiner Frau.

Die Puffmutter, das solide Haus, hatte sie herzlich willkommen geheißen und Ludwig die zur Stunde gerade freie Mädchenmannschaft vorgeführt.

Die will ich! hatte Ludwig geflüstert und eine Schulter berührt.

Die Schulter gehörte einer wirklich tüchtigen jungen Hure. Das Mädchen war eben achtzehn geworden und konnte nun seine fünfjährige Strichkarriere legalisieren.

Es war eine wirklich knackige und äußerst tüchtige junge Hure, ein Traum.

Die beiden verschwanden aufs Zimmer.

Zwei Stunden später kehrten sie daraus zurück. Die tüchtige junge Hure schien ein wenig bedrückt. Die Puffmutter nahm sie beiseite und erkundigte sich.

Hat mein Ludwig was Dummes angestellt? fragte Mama die Puffmutter.

Nein, antwortete die solide Dame des Hauses höchst einsilbig.

Was ist sonst geschehen? erkundigte Mama sich.

Leider gar nichts! antwortete die Puffmutter, und ein Unterton von Verärgerung war nicht zu überhören. Schließlich stand der gute Ruf des Hauses auf dem Spiel.

Mama begriff, daß sie eingreifen mußte. Liebste, sagte sie zur Puffmutter, wie kann ich diese Scharte auswetzen?

Ludwig, der Held des Weihnachtsfestes, hätte wirklich und wahrhaftig nicht die Wahrheit verkünden können.

Man hätte ihn ausgelacht, seine Liebe in den Schmutz

gezerrt, seine Lüste als gering und nicht vorhanden erachtet.

Doch die Betroffenen schwiegen fein still. Denn die grundsolide, tüchtige Puffmutter hatte es allen ihren heißen Mädchen so geboten.

Ihrer Freundin zuliebe, Ludwigs Frau.

Mama übernachtete fortan, so oft es nur anging, im Puff, im Schlafzimmer der Puffmutter.

Denn was das Lachen, die Liebe und die Lüste angeht, so sind sie keineswegs auf Männer beschränkt.

Diesen Hund will ich heiraten, erklärte die Frau des Bullen kalt

»Das Lieben der Tiere ist als pervers unter Strafe gestellt, das Töten und Auffressen der Tiere nicht.«

Voltaire

Wenn er in Form war, begannen seine Augen zu glänzen, aus seinem Haar drang ein betörender Duft, und seinem Gang waren Kraft, Eleganz und Lebensfreude anzusehen.

Er war nicht immer so in Hochform. Wetterwechsel, Verdauungsbeschwerden oder seelische Verdüsterungen konnten ihm zusetzen. Hitze und Schwüle mochte er nicht, Kälte dagegen machte ihm gar nichts aus, im Gegenteil, da verlebendigte er sich. Auch nahm er derart Anteil an seiner Umgebung, der Familie und den Freunden, daß deren Zustand sich auf ihn auswirkte. Trauer steckte ihn an, Fröhlichkeit sprang über auf ihn. Wer lebt schon ganz für sich und vollkommen unabhängig von anderen!

Manchmal allerdings steigerte sich seine Kraft derart, daß er tatsächlich unabhängig von allen anderen war. Es schien, als habe ihn die Natur mit ihren guten Gaben im Übermaß ausgestattet.

Sonja bemerkte dann: Es hat ihn gepackt!

Sie erläuterte nicht näher, was ihn gepackt hatte. Das war in unseren Kreisen vollkommen überflüssig. Jeder von uns sah es.

Er, Jonas, trug den Kopf so hoch, höher ging es nicht

mehr. Das irrlichternde Funkeln in seinen Augen erfreute jeden Betrachter. Es gibt eine Lebensfreude, die sich in den Lebewesen als gesteigerte Form ausdrückt. Wer ein Auge hat zu sehen, der sieht es. In solchen Zeiten war er ganz die vom Glück begünstigte Natur.

Das Wetter kümmerte ihn dann nicht im geringsten. Selbst Hitze minderte seine Kraft nicht. An Verdauungsbeschwerden war gar nicht zu denken. Sorgen in seiner Umgebung übersah er mit souveräner Mißachtung.

Er befand sich in Hochform und hätte die ganze Welt umarmen können. Da er es tatsächlich unternahm, mußte man ihn in solchen Zeiten beaufsichtigen. Sein Freiheitsdurst verführte ihn leicht zu anrüchigen Taten. Seine Kraft und Stärke entluden sich schnell in justitiablen Handlungen. Im Grunde war er, in diesen Tagen, ein Krimineller. Na, sagen wir ein Gefährdeter. Doch soll man auch nicht gar zu streng sein. Seinem Alter nach zählte er noch zu den Halbwüchsigen. Seine Kraft der Frühreife blieb aufs Physische beschränkt und sparte die seelischen Bezirke aus. Die Pubertät hielt ihn noch fest im Griff, obwohl er sich ungeheuer männlich aufführte, wenn die Gelegenheit es erlaubte. Wie er sie ausnutzte, war allerdings schon wieder unerlaubt.

Es sind die problematischsten Jahre. Auch die gefährlichsten. Wer jetzt strauchelt, ist fürs ganze Leben gezeichnet.

Deshalb eben gaben wir acht auf ihn. Wir liebten ihn alle. Und er erwiderte unsere Liebe. Nur ermangelte es ihm noch ein wenig an Überblick und Disziplin.

Insgeheim war ich überzeugt, er werde es schaffen, wenn einige Zeit verstreiche. Andere schafften es schließlich ebenfalls. Er besaß Intelligenz und den besten Willen. Allerdings auch einen unheimlich hohen Anteil von Wildheit. Wenn es ihn überkam, war er kaum noch zu halten. Im falschen Moment ein wenig zu viel Freiheit, und schon war es geschehen.

An einem Vormittag passierte es. Wir waren zu einem erholsamen Spaziergang aufgebrochen. Es war die zweite

Ferienwoche. Die exotische Natur stimulierte ihn, das lange Nichtstun setzte ihm zu. Ich hatte schon bemerkt, wie die Unruhe an ihm zerrte. Ich hätte gewarnt sein müssen. Meine Nachlässigkeit bereuend, kam ich endlich an den Tatort.

Er war im schnellen Lauf um die Wegbiegung gerast und hatte eine Frau vergewaltigt. Im Stehen. Die Frau war von ihm einfach gegen einen dicken Baumstamm gedrückt worden. Dann nichts wie Röcke hoch und hinein.

Die Frau begriff noch kaum, was mit ihr geschehen war. Zu dieser morgendlichen Stunde pflegte sie Abstinenz. Jedenfalls war sie nicht darauf vorbereitet gewesen. Überdies war es ihr zu geschwind verlaufen. Kein Vorspiel, kein Nachspiel, nur einfach ex und hopp.

So was tut man nicht, Jonas! verwarnte ich ihn streng. Er hielt, noch etwas atemlos, neben der vor Scham errötenden Dame. Sie hatte es noch nie im Freien getan. Und auch noch mitten im Kurpark. Liebe sollte diskret erfolgen. Und nicht gar so stürmisch.

Haben Sie wenigstens die Pille regelmäßig genommen? erkundigte ich mich, um dem etwas erregt verlaufenden Gespräch eine Wendung ins Sachliche zu geben, die mir dringend notwendig erschien.

Die junge Frau griff sich an die Stirn. Oh – ich hab's vergessen! Aber ich habe was dagegen auf meinem Zimmer! Sie begann in großen Sprüngen davonzulaufen.

Ich hielt Jonas geistesgegenwärtig zurück. Der Anblick der dahinspringenden Frau versetzte sein Blut erneut in Wallung.

Sei brav, Jonas, sagte ich, die liebe Frau ist auch brav, sie geht jetzt auf ihr Zimmer und schluckt eine »Pille danach«, damit sind wir dann hoffentlich aus dem Schneider!

Meine Frau begann häßlich zu lachen. Mir schwante Unheil. Wenn meine Frau ein solches Lachen ertönen ließ, richtete es sich meist gegen mich.

Was ist mit dir, Liebste? fragte ich im liebenswürdigsten Tonfall, der mir zur Verfügung stand.

Du hast Angst, Großvater zu werden, ja? Gib es ruhig zu, das ist es doch, wovor du am meisten Angst hast!

Meine Frau kannte mich in- und auswendig. Wieder hatte sie den Nagel auf den Kopf getroffen. Obwohl Jonas, streng genommen, nicht mein Sohn war. Aber man konnte es so sehen. Jonas war mir wie ein Sohn, ich hatte ihn in mein Herz geschlossen und gewissermaßen an Sohnesstatt angenommen. Eine Adoption aufgrund offensichtlicher Wahlverwandtschaft.

Was meine Frau nicht wußte, aber wohl ahnte, war die Tatsache, daß ich seine amourösen Extravaganzen insgeheim billigte, wo nicht sogar genoß.

Natürlich zeigte ich das nicht. Auch gab ich es nie offen zu. Im Gegenteil, ich wies Jonas danach streng zurecht. Gab ihm Unterricht in sittlichem Betragen. War manchmal fast zu streng mit ihm.

Was änderte es schon an meiner heimlichen Billigung seiner frechen Schandtaten!

Einmal hatte ich geäußert: Nun, wir waren schließlich auch mal jung...

Meine Frau blickte mich daraufhin spöttisch an und bemerkte: Soll das heißen, du warst auch ein so loser Springinsfeld?

Entschieden verwahrte ich mich gegen den Verdacht, diese scheußliche Unterstellung weit zurückweisend.

Allerdings maß mich meine Frau mit einem auffallend nachdenklichen Blick. Sie ahnte etwas, und seitdem traut sie mir nicht mehr über den Weg.

Insgeheim sieht sie mich mit Jonas im Bündnis.

Ich werde nie offen zugeben, daß es wirklich so ist.

Wenn Jonas seine großen Abenteuer erlebt, begleite ich ihn wenigstens in Gedanken. Oder ich verberge mich nahebei im Gebüsch und beobachte alles.

Ich habe längst erkannt, die Frauen reden sich später damit heraus, sie seien überfallen worden von dem Wüstling. Vorher aber, wenn er sich ihnen nähert, starren sie ihm begeistert und wie von Sinnen entgegen.

Der sich in großen Sprüngen und mit vor lauter Begehrlichkeit oszillierenden Augen annähernde Liebhaber fasziniert die Frauen. Wer einen Blick für Schönheit besitzt, der wird in Erregung fallen, sieht er Jonas kommen.

Kraftvoll, den Schwanz steil erhoben, die Lippen lüstern geöffnet, zwischen denen die Zunge züngelt.

Ich beobachte Jonas gern, wenn er sich so einer Dame annähert. Allerdings betrübt mich eine gewisse Wahllosigkeit, die ich als Erotomanie noch hinnehmen könnte, geriete sie nicht gar zu nahe an geschlechtliche Verirrungen.

Es ist leider wahr, Jonas sind perverse Neigungen nicht abzusprechen. Manchmal bespringt er Bäume, Baumstümpfe, Autos, Kinder und x-beliebige alte Leute. Abgesehen von der Strafwürdigkeit, die damit gegeben sein kann, mißfällt mir der Mangel an ästhetischem Sinn, der sich darin offenbart.

Andererseits kann ich nicht leugnen, ein gewisses, wenn auch nur entferntes Verständnis für diese Handlungen zu empfinden. In sehr schwachen Impulsen nur, doch immerhin. Ich weiß schließlich, daß unsere früheren Vorfahren in einem erotischen Verhältnis zu ihrer gesamten belebten und unbelebten Umgebung standen. Jonas, mit seiner Kraft und jugendlichen Energie, ist ein Rückfall in die Vorzeit. Vielleicht liebe ich ihn gerade deswegen so sehr, und vielleicht ist auch dies der tiefere und wirkliche Grund für die beschämende Tatsache, daß ich mit einem Wutanfall antwortete, als man mich auf die Polizeiwache der Kurstadt rief und mir mitteilte, was sich abspielte.

Die Vorladung zur Polizei brachte mich noch nicht aus dem Gleichgewicht. Derlei geschah schon oft. Damit muß man sich abfinden.

Diesmal allerdings gingen die Beamten zu weit. Ich erfuhr, die junge Frau, die Jonas am Vormittag im Kurpark vorgenommen hatte, war die Frau des Polizeipräsidenten.

Ich entschuldigte mich und bot eine beträchtliche Summe als Schmerzensgeld an. Polizeibeamte verdienen nicht gerade besonders gut, sagte ich zu der Dame, bitte betrachten Sie das Geld als Zubrot zum schwerverdienten Gehalt Ihres Herrn Gemahl.

Dieses verdammte geile Weibsstück lehnte kalt lächelnd ab und verlangte nichts anderes als meinen Jonas.

Aber was wollen Sie denn um Gottes willen mit meinem Hund? rief ich voller Angst und in ausbrechender kalter Wut aus.

Ihn heiraten! erklärte die Frau des Bullen kalt.

Auf diese Weise kam Birgit in unsere Familie. Ich reagierte, das sei zugegeben, anfangs reichlich ungehalten. Meine Frau meinte noch immer, es sei nur wegen der Gefahr, frühzeitig zum Großvater gemacht zu werden. Doch damit habe ich mich längst abgefunden. Großvater zu sein ist schließlich durchaus ein ehrenwerter Stand. Auch gibt es eine ganze Anzahl noch sehr jugendlicher und höchst attraktiver Großväter. Ja, es heißt, es komme bald eine neue Modewelle, Großvater sein sei in, bald werden alle Väter wie wild danach trachten. Es ist freilich schwieriger, Großvater zu werden als Vater. Wegen der benötigten Fremdmitwirkung.

Was Jonas betrifft, so teilt Birgit offensichtlich meine geheimen Freuden. Meist gehen wir zu dritt aus. Wenn Jonas in Liebe verfällt, verbergen Birgit und ich uns und genießen das Schauspiel wilder Leidenschaft. Seine Veranlagung trübt die Ehe nicht im geringsten. Sie habe von Jonas keine Monogamie erwartet, beteuert Birgit inbrünstig. Während wir zuschauen, wie Jonas sich aufspielt, klammern wir uns aneinander. Das Bild der Kraft und Energie, das sich uns bietet, die wilde Eleganz des Liebesspiels, das wir beobachten, befeuert unsere trägen Sinne. Da wir uns sowieso schon im Verborgenen befinden, gefallen wir uns auch darin.

Offen gestanden, ich hätte nie gedacht, daß es so schön ist, Großvater zu werden. Alle Welt beneidet mich darum, eine so liebevolle Schwiegertochter zu haben. Mit Jonas gibt es keine Probleme, er war immer für Promiskuität. Ich hüte mich allerdings vor jeder Überheblichkeit und genieße mein Glück im Stillen. Die Götter sind neidisch. Birgits geschiedener Mann sucht argwöhnisch nach einer Gelegenheit, mich zu Fall zu bringen. Ich werde wohl Jonas auf ihn ansetzen müssen. Neuerdings macht er keinen Unterschied mehr zwischen Männern und Frauen. Überraschungen sind nicht auszuschließen.

Brief an einen hohen Herrn

Sehr geehrter Herr Moralkommissar!

Der Gedanke, Ihnen zu schreiben, kam mir schon im vorigen Reich. Offen gestanden hätte ich sogar im Reich vor dem vorigen Reich schon zur Verantwortung gezogen werden müssen. Mindestens von dem Tage an, da ich meinen Schwanz derart in die Länge zog, daß er als Verkehrshindernis öffentlich in Erscheinung trat.

Es ging um den Bau von Panzerkreuzern, dem Stolz der damaligen Nation. Überall auf den Weltmeeren glänzten freie Wasserflächen. Unsere vaterländisch begeisterten Politiker wiesen mit erigierten Zeigefingern dorthin. Unsere Steuerbürger sammelten Milliönchen auf Milliönchen. Dann schwammen die neuen Panzerkreuzer mit erigierten Kanonenrohren in die fremden Ozeane und schossen Salut.

Ich aber hockte daheim hinterm Ofen und bemühte mich nur um meine eigene Kanone.

Das Erste Reich wurde durch das Zweite ersetzt, das Zweite durch das Dritte vervollständigt. Ich gebe offen zu, ich versäumte all die hohen Ehren und Feste und wandte dem Patriotismus den Rücken. Meine mangelhafte Vorstellungskraft verpaßte den Aufschwung der Nation. Jeder anständige Mann von Verstand und Moral trug den Marschallstab im Tornister, und ich hatte nur immer einen Steifen in der Hose. Derart verunmündigt, trieb ich durch die Zeiten, ein unpatriotischer Hurenbock. Leise die verdammte Internationale vor mich hinsummend, verpaßte ich jeden Fronteinsatz.

Natürlich gab es lichte Momente. Sie dauerten kurz, aber heftig, denn im Kopf laufen die Kämpfe viel klassischer ab.

Ich kämpfte mit den Deutschen gegen die Russen, mit den Amerikanern gegen die Deutschen, mit den Russen gegen die Japaner. Später nahm ich an den Folgekriegen teil. Es ging mit den Vietnamesen gegen die Amerikaner, mit den Amerikanern gegen die Nordkoreaner und Chinesen, dann mit den Chinesen und Nordkoreanern gegen die Amerikaner und Südkoreaner, dann mit den Chinesen gegen die Russen, danach mit den Vietnamesen gegen die Chinesen, endlich mit den Engländern und Franzosen gegen die Ägypter und anschließend mit den Ägyptern gegen die Israelis. Kurz darauf ging es mit den Israelis gegen die Palästinenser und zugleich mit den Palästinensern gegen die Ägypter und Israelis. Nun folgte der Kampf mit den Amerikanern gegen die Iraner, der Krieg des Irak gegen den Iran. Zwischendurch verfolgten die Türken, Iraner, Iraker und was weiß ich wer noch die Kurden, bis die Kurden aus den Zeitungsüberschriften verschwanden und die Indonesier ein paar Millionen von ihren Kommunisten massakrierten. Jetzt marschierten die Kommunisten in Prag ein, nachdem sie vorher schon die ungarischen Kommunisten besiegt und erschossen hatten, und als die Kommunisten Kuba und Südamerika unsicher machten, begannen die Amerikaner in Chile, Argentinien, Brasilien usw. zu siegen, während die Kommunisten Afghanistan besetzten, ohne zu siegen, und jetzt schlossen sich Amerikaner, Deutsche, Engländer, Japaner und China-Kommunisten gegen die Russen-Kommunisten zusammen.

Ich nahm an allen diesen moralischen Kriegen und Kämpfen teil. Allerdings nur in Gedanken und aus angeborener Feigheit vor dem Feind. Das heißt, ich enthielt mich jeden Schusses und blieb auch die Bajonettstiche schuldig. Wenn im Ersten Reich die Nationalhymne gesungen wurde, kaute ich meine Bockwurst. Im Zweiten Reich antwortete ich, zurechtgewiesen wegen des Verdachts auf undemokratisches Verhalten: Ich kenne den Text nicht. Im Dritten

Reich ließ ich mir Unmusikalität beglaubigen. Im Vierten Reich sagte ich: Ich bin so blöd, ich verwechsel' die Nationalhymne immer mit einem alten Kirchenlied, und das hab' ich auch vergessen.

Herr Moralkommissar, ich gebe offen zu, ich war immer nur mit mir selbst beschäftigt. Ich bin ein Versager, ein Egoist und Vaterlandsverteidigungsverweigerer. Weil ich unser Land nicht verteidigte, kamen erst die Franzosen an den Rhein und die Polen nach Westeuropa und Oberschlesien und dann die Russen an die Elbe und die Amis, Engländer und Franzosen nach Berlin. Während all dieser großen Zeiten habe ich mich immer nur an meiner Lanze betätigt, statt zur Waffe zu greifen.

Weil im Himmelreich über einen reuigen Sünder mehr Freude herrscht als über zehn Gerechte, will ich jetzt mich nicht länger verweigern. Ich erkenne an, spät, doch hoffentlich noch nicht zu spät, daß es endlich wieder an der Zeit ist, mit denen von drüben gegen die von hüben und mit uns von hüben gegen die von drüben loszuschlagen. Da es mir nicht mehr kommt, bin ich bereit, mitzuhalten mit den Unsrigen und den Amerikanern über die Elbe an die Oder und Weichsel, mit den drübigen Deutschen und Russen über die Elbe bis an den Rhein und so weiter.

Ich gebe offen zu, ein Leben ohne jede Moral ist kein Leben. Wie vieles habe ich versäumt, indem ich immer nur mit mir selbst beschäftigt war. Nunmehr werde ich mich auch mit den anderen beschäftigen.

Herr Moralkommissar, Sie werden künftighin an mir Ihre Freude haben! Befehlen Sie – ich werde folgen! Es ist endlich Zeit, sich den großen Aufgaben der Geschichte zuzuwenden. Für Freiheit, Sozialismus, Demokratie, Kapitalismus. Gegen Freiheit, Sozialismus, Demokratie, Kapitalismus.

Ihr sehr ergebener Hans-Peter Gross

PS: Soeben verlangt man von mir, mich zu erheben und die Nationalhymne stehend mitzusingen. Ich will ja gern aufstehen und auch keine unmoralischen Handlungen mehr begehen, aber ich bitte Sie doch, Ihren Untergebenen zu bedeuten, daß ich unmusikalisch bin.

Legende von der heiligen Elisabeth

Mit Elisabeth war es schon komisch. Das begann gleich damit, daß sie, kaum geboren, Hebamme und Mama interviewte. Der Fall hätte weltweites Aufsehen erregen können, doch war es gerade zur Erntezeit, man hatte alle Hände voll zu tun, und als Joseph, der Bauer, von dem Begebnis hörte, meinte er, das Mädchen sei eben etwas frühreif.

Der Bauer war vom Feld heimgekommen und wollte tags darauf frühzeitig wieder hinaus, weshalb er sich reichlich kaputt und überfordert fühlte. Man zeigte ihm die frischgeborene Tochter, doch fielen ihm schon die Augen zu vor Müdigkeit.

Nach der Ernte, als der Bauer endlich die Tochter etwas genauer betrachtete, fielen ihm die runden Brüstchen auf.

Auch das Schamhaar stand schon in voller Blüte. Da dämmerte Joseph erstmals, daß dieses Kind ihm noch einige Überraschungen bereiten würde. Da sich aber nichts dagegen tun ließ, beschloß die Familie, einfach abzuwarten.

Elisabeth entpuppte sich als Schnellwuchs. Mit drei Jahren erreichte sie die Größe einer Dreizehnjährigen, die ihrer Entwicklung voraus war. Mit sieben schon sprach sie fünf Sprachen sowie den weithin unerforschten heimatlichen Dialekt. Auch glänzte sie als Genie im Kopfrechnen. Die Multiplikation sechsstelliger Zahlen machte ihr nichts aus. In den Mathematikbüchern gymnasialer Abiturklassen las sie wie andere Kinder in Märchenbüchern.

Ihre ganz besondere Eigenart aber war die Polaroidgeburt. Wie bei der Polaroidkamera lagen dabei Aufnahme und Ausstoß, also Zeugung und Produktion, nur wenig auseinander.

Ihre Eltern suchten den Skandal anfangs geheimzuhalten. Es traf sie selbst wie der Schlag, als Elisabeth, fünfjährig, nach Hause kam und eine halbe Stunde später einen kräftigen Jungen entband. Elisabeths Mama verstand die Welt nicht mehr, als sie so mehr über kurz als lang zur Großmutter gemacht worden war. Auch Joseph, der Bauer, trug schwer an seinen Bedenken. Allerdings stellte er sich, als Mann moderner Landwirtschaftspraxis, schnell auf die neue Situation ein. Die Schnellwüchsigkeit der Vorgänge hatte auch ihre Vorteile. Offenbar vererbte sich die Eile fort. Elisabeths Sohn fuhr nach drei Tagen mit aufs Feld. Das konnte dem Bauern nur recht sein. Arbeitskräfte waren knapp. Elisabeth selbst weigerte sich, in der Landwirtschaft Hand anzulegen. Stattdessen trieb sie sich mit den Burschen rum.

Als der Bauer mit siebenundsiebzig Enkelkindern zur Feldarbeit aufbrach, wurde der Platz im großen Pferdewagen etwas knapp, und die Nachbarn begannen sich zu wundern. Die siebenundsiebzig Knechte und Mägde sahen alle recht erwachsen und ordentlich aus. Kein Mensch im Dorf hätte Verdacht geschöpft und die siebenjährige Elisabeth der Urheberschaft bezichtigt. Doch weil der Frömmste nicht in Frieden leben kann, wenn es den bösen Nachbarn nicht gefällt, wurde darüber gemunkelt, wo Joseph die vielen Gastarbeiter hernähme.

Am Ende seien es lauter Türken.

Außerdem reagierten die Leute im Dorf schon etwas sauer wegen Elisabeth, denn sie knöpfte sich einen Jungen nach dem andern vor. Es waren alles brave Knaben mit ausgewachsenen Ödipus-Komplexen. Sie ließen sich von Elisabeth vornehmen, schlossen dabei die dicken Augen und träumten insgeheim davon, mit der eigenen Mama zu schlafen.

Elisabeth kümmerte sich nicht weiter ums komplizierte Innenleben der Bauernsöhne und ließ sie kurz darauf entsamt zurück. Schon in der nächsten Nacht gab es beim Bauern Joseph einen Esser mehr, woraufhin der Bauer zu seiner Frau bemerkte: Wahrlich, unsere Tochter hat den Vorgang optimiert!

Das teils stolze, teils ein wenig verstörte Großelternpaar las daraufhin im letzten Landwirtschaftsratgeber nach, was Bauernverband und Landwirtschaftsministerium über die Notwendigkeit von Leistungssteigerungen anführten, und kam zu dem Schluß, daß Elisabeth vorher schon ins Buch gesehen haben mußte. Kein Zweifel, die leistungsstarke Tochter verhielt sich wie optimiert.

Unterdessen wimmelte es im heimischen Hof nur so von Nachwuchs, dem man das frühkindliche Stadium nicht ansah. Die Knaben wuchsen in wenigen Tagen zu starken Halbstarken heran, die Gefahr bestand, daß die Mädchen kurzum der Mama Elisabeth nacheiferten und wiederum Junge warfen. Das ging dem Bauern nun doch etwas zu weit, und wenn er sich's fürs liebe Vieh so wünschte, so wurde es ihm in der Familie zu riskant.

Von da an stand jeden Morgen auf dem Frühstückstisch eine Schüssel mit Antibabypillen, und jedes weibliche Wesen hatte einen Löffel voll zu schlucken. Ja, auch die Söhne und Enkel wurden dazu angehalten, denn sicher ist sicher.

Wahrscheinlich wäre alles gut gegangen, doch Elisabeth weigerte sich bald, die Morgengabe zu schlucken. Jedes Mal kam es zu häßlichen Auftritten und Streitereien. Alle Enkel und Enkelinnen löffelten brav die Pillen, nur Elisabeth wandte das Gesicht entschlossen der Sonne zu und preßte die Lippen fest aufeinander.

Schluck deine Handvoll Pillen! verlangte ihr Vater, der Bauer. Im tiefsten Grunde seines Herzens litt er mit der fruchtbaren Tochter und hätte ihr die Pflicht gern erlassen. Doch war sein Haus bis zum Dach vollgepfropft mit Nachwuchs, und selbst in den Ställen wohnten die Jungs und Mädchen und machten dem Vieh die Plätze streitig. Das durfte so nicht weitergehen, denn die EG zahlte hochsubventionierte Preise für Schwein und Kuh, nicht aber für Kind und Kegel.

Mit der Pille macht es mir keinen Spaß, Papa! erklärte die achtjährige Leistungs-Elisabeth.

Entweder die Pille oder der Sauschneider! antwortete der Bauer in seiner Existenznot.

Elisabeth maß ihn mit einem verachtungsvollen Blick, erhob sich, schritt an ihm vorüber und ward nie mehr daheim gesehen.

Hoffentlich habe ich das arme Kind nicht beleidigt, dachte der Papa still bei sich. Und dann dachte er: Vielleicht ist sie eine Katholische?

Er erinnerte sich dumpf, denen hatte ihre Kirche die Fruchtbarkeit geboten.

Aber wie sollte unsere Tochter eine Katholische sein, wo wir doch Evangelische sind? wunderte sich seine Frau.

Vielleicht weil bei ihr eben alles schneller geht, murmelte der Bauer. Insgeheim verspürte er ein wenig Stolz auf die leistungsstarke Tochter. Sie hätte es nur nicht gar so übertreiben sollen. Ja, wenn sein Hof größer und seine Äcker weiter gewesen wären!

In der Woche darauf las der Bauer im Landwirtschaftsboten vom ungeheuren Ausgabenanstieg für das anwachsende Heer der Beamten, die im Dienste der EG standen. Es sei einfach nicht zu fassen, stand da geschrieben, die Statistiker und Gelehrten begriffen es nicht, wieso sich die EG-Beamten jetzt derart schnell und weit ins Unübersehbare vermehrten.

Der Bauer wiegte bedächtig den Kopf.

Tags darauf, als seine Frau klagte, sie wüßten so gar nichts über das Schicksal ihrer Tochter Elisabeth, sprach der Bauer: Wir können beruhigt sein. Unserer Tochter geht es gut, und ihrer leistungsstarken Natur sind keine Grenzen gesetzt. Sie schafft jetzt in Brüssel.

Ein Bild der Hölle

Ich war damals on the road, den Sommer verbrachte ich auf Ibiza bei Manuel Markus, in dessen Turm wir meist zu mehreren hausten, Leute wie ich und ein paar ausgeflippte Bienen, die wir Damen nannten und numerierten, weil sie oft wechselten – also sagten wir Nummer eins, Nummer zwei und so weiter zu ihnen – sie reisten an und kannten Manuel Markus oder beriefen sich auf jemanden, der Manuel Markus kannte, man lebte dort im Sommer einfach ohne viele Worte und mit wenig Geld. Irgendwie kam jeder mit jedem oder allein zurecht, der Turm hatte so viele Winkel und Ecken, man sagte, hier ist mein Haus, hier wohne ich, und das war alles.

Im Herbst hielt ich mich dann eine Zeitlang in München auf, tagsüber am Monopteros im Englischen Garten, das Gesicht in die abwandernde Sonne wendend, nachts fand ich ein Quartier irgendwo in Schwabing. Klappte meistens, und wenn nicht, hatte ich halt Pech gehabt. Es wurde kälter und kälter, setz dich ab Richtung Frankfurt, meinte ich zu mir, wo du noch ein paar Leute auftun kannst.

Ich fuhr per Anhalter.

Ja, und in Frankfurt lernte ich ihn dann kennen. In der B-Ebene. Ich sah ihn ein paarmal vorüberschlendern. Kaum daß er bei uns mal stehen blieb. Reden hörte ich ihn mit keinem. Mir war gleich klar, er gehörte zu denen, die sehr gern dazugehören möchten, aber nicht können. Er hatte seine Probleme, die kriegte man als erstes mit.

Ich ging ihm nach und sprach ihn im Montanus-Laden

einfach an. Ich weiß nicht, ob Sie so was kennen, wenn man was anfängt und es läuft gleich von der ersten Minute an. Als hielte sich im Hintergrund einer von der Dramaturgie versteckt und man spielte Theater. So war das jedenfalls mit uns beiden.

Er wendet sich nämlich, auf meine Anrede hin, zu mir um und fragt so aus dem Stand: Sind Sie vielleicht Schreiner?

Ja! antworte ich und habe noch nie in meinem Leben eine Schreinerwerkstatt von innen gesehen. Man muß aber auch lügen können, wenn das Leben laufen soll. Außerdem machte mich der Kerl unglaublich an.

Na, meint er, da sind Sie bei mir eingestellt!

Da bin ich also als freier Mensch und auf der Trebe in diese verdammte Buchhandlung rein, und als in Arbeit und Brot genommener Schreiner verlasse ich den Laden. Karrieren können dir zustoßen, die geradewegs in den Abgrund führen. Ich muß jetzt aber wohl etwas genauer werden und euch eine Ahnung verschaffen, um was für einen Typ es sich bei meinem Arbeitgeber handelt.

Also, er ist ein sanfter junger Mann mit freundlichen Gesten. Dunkelhaarig, leise, angenehm. Beim Reden liebenswürdig lächelnd. Die zum Sprechen geöffneten Lippen geben eine Zahnlücke frei, die Spur eines umstrittenen Schlages, von dem er hartnäckig behauptet, es sei ein Faustschlag gewesen, während die Polizei von einem Hieb mit dem Schlagstock spricht. Er dementiert mit der sanften Beharrlichkeit derer, die wissen, es hat sowieso keinen Zweck. Er dementiert dennoch, ohne in Rechthaberei zu verfallen. Alle seine Bewegungen, Gesten und Worte sind von dieser beharrlichen Sanftheit gezeichnet. Unsere gemeinsame Wohnung besteht aus einem großen Raum, der sich direkt an die Werkstatt anschließt. Vorn an der Toreinfahrt prangt sein Namensschild: Michael Kohlhaas. Er hat den Namen angenommen, irgendwann vor Zeiten, aus Wahlverwandtschaft. Der Name auf dem Blechschild trägt keinen Zusatz, keinen Hinweis. Man tritt durch die Toreinfahrt in den großen Hinterhof. An der Tür zum rückwärtigen Gebäude wieder der Name sowie ein Klingelknopf mit der Aufschrift *Nachtglocke*. Es geht eine Treppe hoch, bei der du dir leicht die Gräten brechen kannst. Hier steht zum dritten Mal: Michael Kohlhaas. Dazu ein Lichtschalter. Keine Türklingel. Beim Öffnen der Tür schlägt irgendwo eine Glocke an. Man befindet sich in der Werkstatt. Sie ist groß, voller Maschinen und Materialien.

Von der Werkstatt führt eine Tür in den angrenzenden Wohnraum. Hier ist alles handwerklich ausgestattet. Ich denk' gleich: ein Typ mit Geschmack, einer mit überschüssiger Phantasie und irren dunklen Ängsten. Die Endmauer des Gebäudes hat den Putz lassen müssen. Er habe ihn Stück für Stück mit dem Hammer abgeschlagen, erzählt Kohlhaas stolz. Die freien Ziegel geben ein festes Muster, sieht unheimlich gut aus. Die durch den Raum sich ziehenden Eisenträger sind fachkundig mit teuren Hölzern verschalt. Das Mobiliar ist auf ausgeklügelte Zweckmäßigkeit beschränkt. Nichts Überflüssiges steht im Raum. Die Wohnung zeugt von Konsequenz. Markus hat sich in seinem Turm auf Ibiza ähnlich eingerichtet. Mir gelingt nichts, meint Kohlhaas zu mir, mich nimmt niemand ernst. Das bringt er raus ohne Klage oder Anklage. Ich bin ein kranker Mensch. Ich kann orthographisch nicht richtig schreiben, nie weiß ich, wo ein Komma hingehört. Du bist zu dumm zum Leben, sagt meine Mutter.

Sie ist eine pensionierte Studienrätin.

Michael Kohlhaas lächelt entschuldigend.

Die pensionierte Studienrätin tanzt ein paarmal an. Sie ist eine stramme, resolute Person, die sich durch langes Klingeln bemerkbar macht, aber nicht ins Haus darf. Sie steht im Hof vor der Werkstatt, droht mit den Fäusten, spricht mit bald wütender, bald weinerlicher Stimme unverständliches Zeug und verschwindet so plötzlich, wie sie aufgetaucht ist.

Die Mutter und frühere Lehrerin darf nicht ins Haus. Ich darf ins Haus. Aber nur ins Parterre, wo die Hölzer lagern, und ins erste Geschoß mit Werkstatt und Wohnraum. Die

Etage darüber ist stets abgeschlossen, und nur Michael Kohlhaas betritt sie von Zeit zu Zeit und verbringt dann einige Stunden darin. Im riesigen Haus lebt niemand außer mir und meinem jungen Meister, der sich aber gar nicht sehr wundert, als er mitkriegt, wie wenig ich vom Schreinern verstehe. Tut nichts, sagt er, wirst es eben lernen.

In Wirklichkeit lerne ich jedoch nichts. Wir arbeiten auch nicht.

Früher waren in dieser Werkstatt ganz exquisite Sachen hergestellt worden. Eine besondere Art von Lampenschirmen, Gebilde aus kunstvoll ineinandergewundenen hauchdünnen Holzschichten. Spanarbeiten, jedes Stück anders und sehr dekorativ. Auch Tische aus Massivholz mit wunderbarer Maserung gehörten zur Produktion. Einige Restbestände sind noch vorhanden. Wir stellen nichts mehr her, liegen die meiste Zeit auf dem Rücken, reden von diesem und jenem, trinken einen leichten Rotwein, und so finde ich, der Herrgott ist wirklich ein guter Mann. Wenn mir das Nichtstun weh tut, erhebe ich mich, nehme Schaufel und Besen und säubere die saubere Werkstatt, in der nicht gearbeitet wird, mit einigen symbolischen Bewegungen.

Manchmal erscheint Pawlowski, ein aus Polen stammender, über Paris nach Frankfurt eingewanderter Halbgewalkter, vor dem Kohlhaas mich nachdrücklich warnt. Pawlowski ist vor Jahren als Teilhaber in die Schreinerei eingetreten, hat die Buchführung und den Spanlampenvertrieb übernommen und Kohlhaas gewaltig übers Ohr gehauen.

Daraufhin ist mein Meister zur Polizei gelaufen und hat Pawlowski angezeigt. Die Polizei verwies Kohlhaas an die Gerichte. Die Gerichte verwiesen auf den Weg der Privatklage. Nach zwei Jahren privatrechtlicher Auseinandersetzungen hat Kohlhaas nicht recht und Pawlowski nicht unrecht bekommen.

Pawlowski erscheint nur, um auf Kohlhaas einzureden und ihn zur Wiederaufnahme der Produktion aufzufordern. Wir liegen auf dem Rücken, die Mützen tief in die Stirn gedrückt, und lassen Pawlowskis Wortschwall über uns ergehen. Wahrscheinlich hat Pawlowski recht, denke ich, und halte zu meinem verrückten Chef. Warum sollen wir auch noch arbeiten, wenn wir schon im Besitz einer Schreinerwerkstatt sind.

Der emigrierte Pole wirft mir am Ende einen hilfesuchenden Blick zu und entfernt sich fluchend. Er flucht polnisch, französisch und deutsch, alles gleich perfekt.

Pawlowski ist gegangen. Michael Kohlhaas richtet sich langsam auf, schiebt die Mütze aus der Stirn und sagt: Sie wollen uns fertigmachen. Wir werden uns zur Wehr setzen!

Wie denn? frage ich schüchtern.

Das wirst du erleben!

Er erhebt sich mit einer motorischen Energie, die nur direkt aus der Starkstromleitung kommen kann, und beginnt wie wild an einem Hammer herumzuschleifen. Die Funken sprühen nur so, der Schleifstein ächzt. Ich stell' mich, als kümmerte mich das alles nicht, sehe aber mit einem Seitenblick, er hat einen großen Hammer zugerichtet wie einen Eispickel, mit dem die Bergsteiger sich ausrüsten, auf der einen Seite eine scharfe Kante, an der anderen eine lange Spitze, dazu ein in unserer Werkstatt ungebräuchlich langer Holzstiel.

Am Abend ermahnt mich Kohlhaas, so lange im Haus zu bleiben, bis er zurückkehre.

In der Nacht verschwindet er.

Drei Tage vergehen. Am Morgen des vierten Tages läutet es. Ich sehe in den Hof hinunter. Da steht, in voller Uniform, ein Polizist. Ich winke ihn lässig herauf.

Ihr Meister heißt Michael Kohlhaas? fragt der Polizist.

Wie er heißt, weiß ich nicht, jedenfalls nennt er sich so.

Der Polizist sieht mich eindringlich an und macht vor seiner Stirn mit der Faust eine Drehbewegung.

Was soll das bedeuten? frage ich.

Hat Ihr Meister nicht alle Tassen im Schrank?

Auf so viel Unverschämtheit geh' ich überhaupt nicht ein. Ich hab' Partei für Michael Kohlhaas ergriffen vom ersten Augenblick an, da ich ihn sah. Nie werde ich ihn verraten.

Hier, lesen Sie! Vielleicht liegen die Gründe für sein sonderbares Verhalten auch im psychoanalytischen Bereich, sagt unser Polizist. Er drückt mir Papiere in die Hand. Es ist das polizeiliche Vernehmungsprotokoll.

Michael Kohlhaas äußert sich so:

»Ich hatte das dringende Bedürfnis, endlich meine Pflichtübung (meine Straftat) zu erledigen. Die Angst vor der Tat hatte ich inzwischen so weit abgebaut, daß ich mir durchaus zutraute, sie begehen zu können. In den letzten Monaten hatte ich mir die Tat immer wieder in allen Einzelheiten vorgestellt, so daß ich alles schon im Schlaf konnte. Immer, wenn ich ein Polizeiauto sah, stellte ich mir automatisch vor, wie ich mit dem Hammer zuschlagen würde. Am Freitag, dem 4. Dezember, stand für mich dann fest, daß ich zur Tat schreiten müßte. Am Vormittag legte ich mir alles zurecht, was ich anziehen und einstecken wollte. Weil ich befürchtete, ich könnte in der Aufregung nicht genug Kraft aufbringen, die Windschutzscheibe einzuschlagen, schliff ich mit meiner Schleifmaschine eine scharfe Spitze an das flache Ende des Hammers, so, wie ich es in Straßenbahnen und Autobussen an den Nothämmern gesehen habe, bei denen vermerkt steht: Im Notfall Scheibe mit Hammer zertrümmern.

Ich arbeitete bis spät in die Nacht. Obwohl ich mich sehr müde fühlte, wollte ich die Straftat auf keinen Fall verschieben. So schenkte ich mir Magenbitter ein, den ich oft trinke, weil ich magenkrank bin und um mir Mut anzutrinken. Eine Prüfung ergab, ich hatte etwa ein Viertel der Flasche getrunken. Während des Trinkens versuchte ich, mich zu entspannen, indem ich zur Radiomusik rhythmische Schritte machte, was ich oft tun soll, weil ich an Kreislaufstörungen leide. Danach zog ich mich um. Weil es regnete, zog ich einen alten Regenmantel über und setzte eine Cordmütze auf, die ich sonst nur in der Werkstatt trage. Mein Gesicht wurde inzwischen ganz grimmig und entschlossen, und als ich dann noch meine Locken in die Stirn schob, sah ich aus wie ein echter Staatsfeind. In diesem Aufzug getraute ich mich nicht, mit der Straßenbahn zu fahren oder durch hellere Straßen zur Innenstadt zu gehen. Deshalb lief ich durch den Anlagenring.

Als ich mich von meiner Wohngegend etwas entfernt hatte, zog ich den Hammer aus der Jackentasche und nahm ihn in die linke Hand, und zwar so, daß ich mit der Hand das Eisen umfaßte, während der Stiel, hinter dem Arm versteckt, emporstand. So hatte ich den rechten Arm frei, mit dem ich eventuell einen Polizeiwagen zum Anhalten winken konnte. Ich ging auf der rechten Straßenseite und schaute mich immer nach von hinten kommenden Autos um, aber leider war nie ein Polizeiwagen dabei. Einmal kam auf der Gegenfahrbahn ein Streifenwagen, da blieb mir vor Schreck das Herz stehen. Schließlich kam ich durchgefroren und todmüde im Bahnhofsviertel an. Ich hatte nasse Füße, weil ich Sandalen trug (Sandalen deshalb, weil ich kranke Füße habe). An der Kreuzung Kaiserstraße/Moselstraße stellte ich mich unter ein Vordach, weil es noch immer regnete. Wieder kam ein Streifenwagen auf der Gegenfahrbahn vorbei, den ich nicht erreichen konnte. Vom Stillstehen wurde mir nun so kalt, daß ich um die Häuserblocks herumlief. Eine Weile blieb ich an der Ecke Taunusstraße stehen. Kaum war ich weitergegangen, kam dort ein Streifenwagen vorbei, den ich gut hätte erreichen können, wäre ich nur dort länger stehen geblieben. Dieser Vorfall deprimierte mich derart, daß ich schon zu zweifeln begann, ob ich überhaupt durchhalten würde. Wieder an der Ecke Kaiserstraße/Moselstraße, beobachtete ich den Verkehrsstrom, als plötzlich am Ende einer Autokolonne ein Streifenwagen auftauchte. Alle Wagen hielten vor einer rotgeschalteten Ampel. Nach der ersten Schrecksekunde rannte ich sofort los und schlug die beiden Scheinwerfer ein, wie ich es in Gedanken monatelang geübt hatte. Unmittelbar danach schlug ich auf die Windschutzscheibe. Ich wunderte mich zwar darüber, daß die Polizisten keine Anstalten machten, den Wagen zu verlassen, dachte mir aber, wenn ich jetzt zögere, bin ich vielleicht im nächsten Moment unfähig, mein Werk zu vollenden. Beim ersten Schlag blieb die Windschutzscheibe noch unversehrt. Beim zweiten Schlag gab es dann ein Loch, genau vor der Nase des Beifahrers. Glücklicherweise fielen ihm keine Splitter ins Gesicht, denn es war Verbundglas, und die Splitter fielen träge nach unten.

Nach dem zweiten, erfolgreichen Schlag saßen die Polizisten noch immer starr vor Schreck in ihrem Auto. Deshalb blieb ich stehen und wartete darauf, daß sie herauskämen und mich festnähmen. Endlich kamen sie auch heraus.

Der Beifahrer, auf dessen Seite ich stand, erreichte mich als erster. Er schlug mir sofort mit der Faust ins Gesicht. Durch diesen Schlag war ich ganz benommen. Auf welche Weise ich meinen Hammer losgeworden bin, spürte ich nicht mehr. Dann hörte ich die Kommandos: ›Hände hoch! – An die Wand stellen! – Umdrehen!‹ Nun stand ich mit dem Gesicht zur Hauswand, und meine Nase begann zu bluten. Ein Polizist tastete mich von oben bis unten ab. Die sich ansammelnde Menschenmenge wurde aufgefordert weiterzugehen. Für mich hieß es: ›Hände auf den Rücken!‹ Meine Hände wurden mit einer Knebelkette gefesselt, die man mit aller Gewalt anzog. Ich wurde auf den Rücksitz des Wagens gezerrt und gestoßen.

Soweit ich das beurteilen kann, haben die Polizisten bis zu diesem Zeitpunkt einwandfrei gehandelt. Bei dem Schreck und der Aufregung war ihre Brutalität verständlich, zumal sie in der Eile nicht erkennen konnten, daß ich mich ohne Widerstand festnehmen lassen wollte. Nachdem der Beifahrer auf dem Sitz vor mir Platz genommen hatte, drehte er sich zu mir um. Im nächsten Augenblick schlug er mir mit der Faust ins Gesicht, daß ich aus dem Mund zu bluten begann. Dann spürte ich den Brocken eines Zahns in meinem Mund.

Als wir ein wenig in Fahrt gekommen waren, stürzte der Rest der Windschutzscheibe ein und fiel dem Beamten auf den Schoß. Aus Wut darüber wollte der Beifahrer wieder auf mich einschlagen. Da verkroch ich mich schnell hinter der Lehne des Vordersitzes. Als wir in der Polizeiwache ankamen, wurde ich mit brutaler Gewalt und unter Beschimpfungen aus dem Wagen gezerrt und in die Wache gestoßen. Dort wurde ich auf eine Bank gedrückt, angeschrien, ins Gesicht geschlagen und ans rechte Schienbein getreten. Die beiden Beamten aus dem Streifenwagen erzählten aufgeregt den anderen Beamten, die auf der Wache waren (ich glaube, es waren drei), was ich verbrochen hatte und daß ich sie mit dem Hammer bedroht hätte. Der Fahrer erzählte, er habe sofort seine Pistole gezogen, mich zu überwältigen. Da brüllten mich auch die anderen Beamten an, schlugen mir ins Gesicht und traten in meine Beine. Unter diesen Schlägen begann dann die Vernehmung zur Person.«

In den Zeitungen der nächsten Tage war etwas zu lesen über einen »32jährigen Frankfurter«, den wirklichen Namen erfuhr man nicht. Der Mann mit dem Hammer soll, so meldeten alle Blätter, erklärt haben: Ich bin schwer krank, mir kann kein Arzt mehr helfen! Auf die Frage nach dem Motiv habe er erwidert: Das ist meine Privatsache.

Herr Wachtmeister, sage ich zu dem ratlosen Polizisten, nachdem ich das Vernehmungsprotokoll durchgelesen habe, da kann ich Ihnen auch nicht weiterhelfen! Mir war der Mann ein guter Chef, und das ist alles, was ich über ihn aussagen kann.

Als der Polizist verschwunden ist, gehe ich in den hintersten Winkel der Werkstatt, wo, ganz im Dunkeln, ein Holzkasten hängt wie ein Feuermelder, mit einer kleinen Glasscheibe vorn. Das Kästchen ist verschlossen. Der Meister besitzt den Schlüssel. Man könnte aber das Glas einschlagen und den Schlüssel herausnehmen und damit die Tür zum oberen Stockwerk aufschließen.

Nein, denke ich, das Vertrauen dieses armen Mannes wirst du nicht enttäuschen. Ich warte noch einen Tag und eine Nacht, und weil nichts geschieht, verlasse ich die

Werkstatt und Frankfurt und im nächsten Frühjahr auch Deutschland und bleibe den Sommer über wieder in Ibiza bei Manuel Markus im Turm, wo man Spaß hat wie nirgendwo sonst und noch immer Ausgeflippte eintreffen und sich wochenlang absondern und plötzlich aufstehen und tüchtig einen draufmachen.

Nichts Höheres unter der Sonne als das Leben im Turm von Manuel Markus, der inzwischen auch ein ganz bekannter Maler und Schriftsteller geworden ist und die verrücktesten Geschichten erzählt und die wahnwitzigsten Bilder malt.

Sind das Tage und Nächte im Sommer auf Ibiza, und es wär' ja auch dieses Jahr alles in bester Ordnung gewesen, wenn ich nicht immerzu an meinen komischen Mann mit dem Hammer in Frankfurt hätte denken müssen.

Im Herbst bleibe ich nur kurze Zeit in München. Englischer Garten und Monopteros und Schwabing machen mich nicht mehr an. Auch habe ich bei Manuel Markus einen hübschen Batzen Geld abstauben können, dem Mann ging's plötzlich prächtig, seine Bücher wurden zwar keine Bestseller, doch die reichen Leute kauften sie, weil er doch ein berühmter Maler war, und in den Galerien erwarben die Kunden seine Bilder, weil er doch ein berühmter Dichter war. So kann einer auf die Beine kommen.

Ich also mit meinen Scheinen zische diesmal erster Klasse mit dem TEE von München nach Frankfurt und nehme ein Taxi vom Hauptbahnhof zur Werkstatt des Mannes mit dem Hammer und gehe ohne zu klingeln und zu klopfen rein und stehe vor Michael Kohlhaas, der auf seiner Matratze liegt, die Mütze in die Stirn geschoben.

Schön, sagt er erfreut, daß du wieder da bist!

Schön, daß ich wieder da bin, antworte ich und lege mich neben ihn und meine noch: Weißt du, im Frühjahr, da zieht's mich einfach südwärts, da kann ich nicht widerstehen.

Begreif' ich gut, sagt er, mich zieht's auch oft irgendwo hin, da kann einer nicht widerstehen! Hast du die Zeitungen gelesen, in denen das von meinem Überfall auf den Polizeiwagen stand?

Hab' ich!

Den Polizisten bin ich nicht zu nahe gekommen, sagt Kohlhaas mit seiner einschmeichelnd sanften Stimme, ich kann keinem Menschen ein Leid zufügen, ich kann nicht mal zusehen, wie Menschen sich schlagen oder streiten. Wenn ich hier von der Werkstatt aus in den Hof hinunterblicke und die Kinder sich dort prügeln, muß ich gleich vom Fenster wegtreten. Ich kann das nicht ertragen.

Warum hast du dann das Polizeiauto überfallen? frage ich.

Zwei Jahre lang bereitete ich mich innerlich darauf vor, antwortet er, mir geschieht größtes Unrecht, ich vermag keiner Fliege was zuleide zu tun und will die Öffentlichkeit nur aufmerksam machen und die Behörden zwingen einzugreifen, Pawlowski soll nicht so ungeschoren davonkommen. Aber die Polizisten haben mich verprügelt, dann stellten sie das Verfahren gegen mich (Sachbeschädigung des Polizeiautos) wegen Geringfügigkeit ein, nur um das von mir und meinem Rechtsanwalt gleichzeitig gegen die schlagenden Polizisten angestrengte Verfahren auch einstellen zu können. Seitdem kämpfe ich um mein Recht. Was kann ich machen? Soll ich vielleicht einen Menschen umbringen, nur, um ein Verfahren zu erzwingen? Ich, der ich keiner Fliege was zuleide tun kann?

Ich richte mich auf und mustere den Mann, der sich Kohlhaas nennt. Ein Gesicht mit deutlichen Prügelspuren, was nicht physisch gemeint ist. Nein, es gibt auch psychische Prügelspuren. Ja, da kenn' ich mich aus bei meinen Ausgeflippten und Heimatlosen. Nur ist dieser Mann wohl tatsächlich irre, deshalb eskaliert er seine Beschwerden auf immer höhere Ebenen hinauf.

Ich begreife nicht, weshalb du dir ständig neue Feinde schaffst und dir mehr und mehr von dem Gerichtsscheiß auf den Hals holst, sag' ich, nur um ihn weiter aus der Reserve zu locken.

Mein Vater heißt Veit Raban, antwortet er. Und ich muß

sein Vermächtnis verteidigen, dem alle zuwiderhandeln wollen. Ich kämpfe gegen eine Welt von Feinden.

Jetzt geht mir ein Licht auf, mein' ich, Veit Raban, von dem es nur ganz wenige, dafür aber sauteure Bilder gibt, ist dein Vater. Mein Freund Markus hat oft geredet von ihm. Gleich darauf geht mir mein Licht wieder aus. Warum nennst du dich nicht Raban, wie dir das als Sohn zustünde? Warum der Name Michael Kohlhaas, das ist doch Kinderei!

Er mißt mich mit einem Blick, den ich nicht deuten kann. Er ist wirklich nur kurz und dauert, wie das Wort schon sagt, nur einen Augenblick.

Ich denke mir, zu meinem Unglück, nichts weiter dabei.

Im Städel drüben ist eine Picasso-Ausstellung, sei so lieb und hol mir einen Katalog von dort.

Noch nie hat er so was von mir verlangt. Noch sind wir ja Meister und Geselle, auch wenn wir nicht arbeiten. Ich mach' mich also auf den Weg, und als ich zurückkomme, denke ich, ich seh' nicht recht.

Auf der Matratze, wo Michael Kohlhaas sich stets vom Nichtstun ausruhte, lagert eine nackte junge Frau, die sich bei meinem Eintreten langsam aufrichtet und mir entgegenlächelt.

Also ich bin nicht besonders scharf, aber ich mag Mädchen, und wenn die Damen bei uns im Turm auf Ibiza was haben wollten, war ich nie unwillig. Die Frau aber, die ich jetzt vorfinde, haut mich glatt um. Nichts von der müden, lässigen Gleichgültigkeit, mit der unsere Mädchen im Turm sich aufblättern. Die ist anders, der Raum knistert unter der Spannung, die von ihr ausgeht.

Vibrationen packen mich wie sonst nur bei ganz heißer Musik oder allein mit dem Meer rings um Ibiza. Jedenfalls vergesse ich den Picasso-Katalog ganz und gar und lass' mich einfach neben sie auf die Matratze fallen.

Manchmal ist es so mit einer Frau und manchmal so. Als ich mich erhebe und dennoch wie festgenagelt bin und keinen Schritt tun kann, richtet sich die Frau leicht auf.

Der elastische Leib verändert sich kaum. Nur eine leichte

Furche zieht sich andeutend über den Bauch. Die Brüste sind so fest, daß sie ihre Form auch unter der veränderten Haltung kaum wechseln.

Ich bin Veit Rabans Tochter, sagt die junge Frau, den glitzernden Tau noch zwischen den Schenkeln, wohin ich ihn gegeben habe. Vergessen ist Manuel Markus und sein Ibiza-Turm. Nimm dir den Schlüssel und steig hinauf ins oberste Stockwerk, die Bilder meines Vaters zu bewundern!

Das klingt wie ein Befehl, und willenlos leiste ich ihm Folge. Zerschlage das Glas im Kästchen, hole den Schlüssel heraus, eile die Treppe hinauf, öffne die schwere Stahltür und taste mich in dem finsteren Raum, dessen Fenster durch Stahlläden gegen Einbruch gesichert sind, bis zu einem Lichtschalter.

Es wird hell. Starke Lampen flammen auf. Um mich herum ein Riesensaal voller Bilder. Das Veit-Raban-Museum. Der Öffentlichkeit unzugänglich gemacht und wohl nicht einmal bekannt.

Es dauert Stunden, und ich kann doch nur einen Teil der Gemälde anschauen, die zu Dutzenden aneinandergereiht die Wände entlang gestapelt stehen. Jeder Quadratmeter Wand ist genutzt, die Stücke zu präsentieren. Ein Lebenswerk. Das Lebenswerk eines ungeheuer fruchtbaren Malers, der seine Arbeiten nie hat hergeben wollen. In die Galerien gelangte kaum ein Bild.

Die wenigen Gemälde, die seine Frau ihm entwand, mußte sie heimlich wegbringen. Der Erlös reichte für ein normales bürgerliches Leben. Der Meister war bedürfnislos, verlangte nur Leinwand, Farben, Pinsel und Ruhe.

Ich bin kein Kenner bildender Kunst. Veit Raban aber ist mir ein Begriff. Ein später Nachfahr des Expressionismus, der großflächige Formate bevorzugte, starke Farben, die in die Augen stechen. Riesenausmaße stopfte er voll mit seinen terroristischen Einfällen. Gespenstische Figuren in gespenstischen Situationen. Die Guillotine als Ohrfeige in sorgfältig gestrichelten Idyllen. Teufelsmessen. Ein Heiland auf der Schaufel eines Lokomotivheizers, ein Teufel mit

Madonnengesicht und Hörnern, die Beine gespreizt, aus der dunklen Aftergrotte führt eine Autobahn, darauf Kraftwagen, in denen fröhliche Familien mit Kindern sitzen, man reist in den Süden, lustig-luftige Ferien stehen bevor.

Dann apokalyptische Bilderfluchten, vorherrschend Kreuzigungsszenen, und auf keinem Stück fehlt eine junge, strahlendschöne Frau, die in ihrer sterilen und zugleich lockenden Schönheit moderner Werbung entsprungen sein könnte. Marilyn Monroe, schwarzhaarig. Welch ein Kontrast. Hölle und Teufel, Leiden am Kreuz, Henker und Soldatenszenen und nie ohne die strahlende junge Frau mit den lasziven Schenkeln und den ebenso jungfräulichen wie festen, dem Griff von Männerhänden sich anbietenden Brüsten.

Diese Schönheit, die auf keinem Bild fehlt, so wie sie stets von Tod und Teufel, Ungeziefer, Verderben und Abgrund umgeben ist, kenne ich. Sie liegt nur ein Stockwerk tiefer, hingebreitet auf einer Matratze.

Nein, sagt das Mädchen, das unbemerkt hinter mir in den Raum getreten ist, nicht ich bin auf den Bildern zu sehen, sondern meine Mutter.

Die alte, dickliche, ewig keifende Weibsperson, die manchmal hier im Hof herumschreit? rufe ich entsetzt.

Unter dem Blick der jungen Frau beginne ich mich meiner Heftigkeit zu schämen.

Sie sah aus wie ich, und wie du sie heute noch auf den Bildern erblicken kannst, sagt das Mädchen ruhig, und eines Tages werde ich ausschauen wie meine Mutter jetzt.

Niemals! sag' ich, ohne Schwung.

Jörg, mein Halbbruder, ist der gesetzliche Erbe der Bilder, Mutter und ich wurden mit anderen Werten abgefunden. Jörg, der sich Michael Kohlhaas nennt, verwaltet alle diese Schätze hier oben. Und weißt du, warum? Weil er ebenso verrückt ist, wie unser Vater war, der seine Bilder nicht verkaufen wollte und sie versteckte.

Aber warum?

Vielleicht malte er seine Frau aus Eifersucht immer wieder

zwischen all die Teufel und Unholde und wollte nicht, daß andere sie so zu Gesicht bekämen, nackt zwischen den Schreckgestalten seiner krankhaften Phantasie. Jörg möchte die Mutter so sehen, wie er sie als kleiner Junge erblickte, als ewig schöne Frau und Heilige!

Mir dämmert es langsam, hier setzt der Sohn den Kampf des Vaters fort, übernimmt die leidenschaftliche, ebenso törichte wie tödliche Eifersucht auf eine Frau und macht sich damit die Welt zu seinem Feind.

Mit brüderlicher Sympathie denke ich an diesen Sohn, der sich als Vollstrecker und Bewahrer väterlichen Willens fühlt. Er wird immer wieder hier oben den großen unerreichbaren Vater-Künstler bewundern und den sündhaften Leib der Mutter behüten bis ans Ende der Tage. Kein fremdes Auge soll sich je daran weiden.

Schade, daß ich auch dir nicht mehr vertrauen kann, Schreinergeselle, sagt eine Stimme neben mir.

Er ist es, Michael Kohlhaas. Und nirgendwo seine Schwester.

Deine Schwester gab mir den Schlüssel und den Befehl, hier heraufzugehen, antworte ich mit großer Mühe, und weil es mir zugleich leid und nicht leid tut, das hier alles angeschaut zu haben.

Ich habe aber keine Schwester! sagt Kohlhaas.

Doch, widerspreche ich, sie war im Hause, ich weiß es genau.

Wir blicken uns prüfend an.

So, sagt mein Meister, diese Schwester verführte dich, hier heraufzusteigen, und zuvor hast du auf unseren Matratzen mit ihr geschlafen.

Ja, antworte ich, vorher hab' ich mit ihr geschlafen.

Ich habe aber keine Schwester, wiederholt er mit der eigensinnigen Beharrlichkeit, die Idioten und geniale Naturen auszeichnet.

Jetzt mußt du ihn besänftigen, denke ich und sage, gewarnt, doch nicht nachdrücklich genug: Nächstes Frühjahr werde ich weit fort von hier sein, im Turm meines Freundes

Manuel Markus, und wenn du willst, kannst du auch hinkommen nach Ibiza und seine Gastfreundschaft genießen.

Ich werfe einen, wie ich denke, letzten Blick auf die Bilder. Michael Kohlhaas ist zur Tür gegangen und wendet sich nach mir um. Als letztes höre ich seine Worte: Sieh dir das geile Getier an, das meine Mutter auf den Bildern stets umgibt. Alle wollen etwas von ihr, aber nur ich habe das Recht, das von ihr zu wollen. Alle möchten an die Stelle, wo zu sein ich allein berechtigt bin und wo ich war. Nie mehr soll einer uns beschmutzen können. Nie mehr wirst du den Turm von Ibiza sehen! Er schlägt die Tür hinter sich zu und schließt ab.

Ich weiß nicht, wie lange ich in diesem Bildergefängnis lebe. Von den Wänden starren mich die teuflischen Gestalten an und die Engel, die mir ihre teuflische Schönheit aufdrängen. Jedes Bild zeigt die Schwester von Michael Kohlhaas, die es gibt oder auch nicht gibt und die vielleicht seine Mutter ist oder die es nie gegeben hat, was weiß denn ich, da ich längst nicht mehr unterscheiden kann, ob ich wache oder träume, der Hunger wühlt in meinen Eingeweiden, der Durst macht mich brennen, kaum daß ich mich noch bewegen kann. Anfangs habe ich geschrien, niemand hört mich. Vor den Türen und Fenstern des Veit-Raban-Museums sichert Stahl jeden Einbruch ab wie jeden Ausbruch.

Ich glaube, dieser Wahnsinnige will mich hier umkommen lassen. Kein fremdes Auge soll noch einmal erblicken, was ich erblickt habe.

In diesem Bericht will ich der Nachwelt wenigstens die Botschaft meines elenden Endes zukommen lassen.

PS: Ich bin jetzt am Ende meiner Kraft. Die junge Frau auf den Bildern hat sich in Fleisch und Blut verwandelt und flüstert mir aus den Gemälden heraus ihre lockenden Versprechungen zu: Bald werden die Kunsthändler aus aller Welt anreisen, und die Galeristen werden Schlange stehen nach meinem Abbild. Ich bin die Schönste im ganzen Land. Befreie mich!

Ich aber werde weder sie noch mich befreien können. Den Beweis für die Unerbittlichkeit des Malersohns habe ich bereits gefunden. In einer Ecke des Riesenraumes entdecke ich das Gerippe eines Menschen.

Es hat schon vor mir einer den Blick auf diese verfluchten Bilder mit dem Leben bezahlen müssen. Wie fern ist mir der Turm auf Ibiza, wo die Sonne so hell schien und die Luft nach Salz und Meer schmeckte und die Mädchen freundlich die Schenkel spreizten, wenn ihnen aus Langeweile danach zumute war.

Okay, ab in die Druckerei!

Jedes Jahr zur Ferienzeit im August kehren die gleichen Sensationsmeldungen wieder. Das Motto »Hund beißt Mann« wird umgekehrt in »Mann beißt Hund«. Woher sollen die armen Reporter in diesen Wochen auch sonst die Meldungen nehmen, die das Interesse des Lesers finden. Schon zu meiner Lehrzeit im Zeitungsgewerbe erklärte Frau Sperber, die seit Ewigkeiten amtierende Chefredaktionssekretärin, mit einem spitzen Blick auf den Kalender: »Jungs, bald fließt wieder Sekt aus dem Wasserhahn!«

Tatsächlich dauerte es dann nicht mehr lange, und die Story vom Sekt, der aus der Wasserleitung rinnt, machte die Runde. Wir waren eine hochanständige mittelstädtische Tageszeitung, ein beinahe amtliches Familienblatt, was gewisse unmoralische Meldungen ausschloß, gleichgültig, ob sie stimmten oder wie üblich erfunden werden mußten. Selbst zur Sauregurkenzeit hatte die Unmoral unsere Redaktionsschwelle zu meiden.

Heute ist das alles anders geworden. Besonders bei den großen Zeitungen und Zeitschriften. Jeden Sommer, den der Wettergott doch noch werden läßt, berichtet der »Stern« vom sittenlosen Treiben verrückter Nackedeis auf Ibiza, schwelgt die »Quick« in Nahaufnahmen vom FKK-Leben an öffentlichen Plätzen und Stränden des Landes, und der »Spiegel« druckt die enthüllenden Ergebnisse der Jahrhundertuntersuchung einer amerikanischen Sexualwissenschaftlerin ab. Oder im Kulturteil entrüstet sich ein von seinem eigenen kulturellen Sendungsbewußtsein besoffener Herr

Redakteur über neue pornographische Tendenzen im modernen Roman der Industriegesellschaft. Und das behagliche Schmatzen der Entrüstung dröhnt von Hamburg an der verschmutzten Elbe bis an die steilen Berghänge der Zugspitze.

Diesen Sommer allerdings scheint die Sauregurkenzeit besonders schwer und lange gewütet zu haben, denn außer den Nackedeiartikeln floß mitten im »Spiegel« auch mal wieder der bekannte Sekt aus dem Wasserhahn.

Ich traute meinen Augen nicht, als ich davon las. Alle die alten Bekannten aus meiner Anfangszeit im Zeitungsgewerbe traten erneut auf.

Das begann mit der lieben guten Rentnerin, die geröteten Gesichts beim Hausmeister erschien, um ihn zum Tanze aufzufordern mit den Worten: Willy, Willy, unser Wasser macht lustig!

Was hatten wir damals vor rund einem halben Jahrhundert in unseren Redaktionsräumen für Kämpfe ausgetragen mit dem Ziel, die alte Dame endlich mal was anderes ausrufen zu lassen! Doch es blieb stets bei denselben Worten. Unser Chefredakteur war eben ein in der Wolle gefärbter Konservativer. So wenig ändern sich die Zeiten.

Natürlich mußten wir auch damals schon einigermaßen vernünftig erklären, wie der Sekt in die Wasserleitung geraten war. Der Alle-Jahre-wieder-Artikel trug meist die Überschrift »Schaum vorm Mund«. Dann folgten die unerhörten Ereignisse und Begebnisse. Danach kam die Erläuterung. Demnach entstammte der Sekt einer Sektkellerei, bei der eine Panne unterlief. Der Gärungsdruck sei zu stark gewesen, erläuterten wir hilfreich, die Verbindung zwischen Wasserleitung und Sekttank sei nicht zum rechten Zeitpunkt unterbrochen, der Sekthahn danach zu früh aufgedreht worden. Außerdem, so fügten wir stets hinzu, der Sicherheit halber, sei das Rückschlagventil nicht in Ordnung gewesen, sondern habe geklemmt.

Natürlich wußte keiner von uns in der Redaktion, ob das stimmte und ob es ein klemmendes Rückschlagventil und einen zu hohen Gärungsdruck gab. Das war auch nicht so wichtig. Hauptsache, es klang fachmännisch und überzeugend. Der Leser will es genau wissen. Aber nicht gar zu genau. Und die Sektmacher dachten gar nicht daran, uns zu korrigieren, denn eine bessere und billigere Reklame konnten sie sich gar nicht wünschen.

Das ist heute natürlich nicht anders.

Damals allerdings, vor einem runden halben Jahrhundert, passierte etwas ganz Ungeheuerliches. Gerade als wir die Sensationsmeldung vom Sekt aus dem Wasserhahn wieder mal eingerückt hatten, begann Sperberchen, unsere altgediente Chefredaktionssekretärin, plötzlich mit hochgerafften Röcken auf dem Chefredaktionsschreibtisch Rumba zu tanzen.

Der Chef war zum Glück nicht da. Der Chefredakteursstellvertreter lachte erst mit uns und wies das alte Mädchen dann milde zurecht.

Doch das Sperberchen rief: Willy, Willy, unser Wasser macht lustig!

Weil die zahme Dame gar nicht wieder aufhörte zu tanzen, ließ unser stellvertretender Chefredakteur sich ein großes Glas Leitungswasser bringen und trank es in einem einzigen Zug aus. Er wollte das Sperberchen damit zur Ordnung rufen, zur Besinnung bringen und nachweisen, daß unser Wasser eben nicht lustig mache.

Stattdessen tanzte er anschließend mit der Chefsekretärin auf dem Chefredakteursschreibtisch Rumba.

Die heiße Szene steigerte sich noch, als die Sekretärin mit einem unwahrscheinlich obszönen Striptease begann.

Erst kamen ihre Schuhe geflogen, dann ihr Oberrock, hernach die heiße Bluse. Als der Unterrock durch die Redaktion wehte, schritten die Chefs von Sport und Feuilleton mäßigend ein. Schließlich stand der gute Ruf unseres Familienblattes auf dem Spiel. Leider war es schon zu spät dafür. Spottend und flachsend, weil eben niemand daran glaubte, hatten alle anderen Redaktionsmitglieder Leitungswasser genossen. Jeder einzelne von uns wußte doch, die Meldung lag in den Archiven und wurde zur Sommerszeit nur aktiviert, weil andere Meldungen fehlten und der Leserschwund aufgehalten werden mußte.

Wie hätte einer von uns auch nur im Traum annehmen können, es fließe eines Tages wirklich und wahrhaftig Sekt aus dem ungeputzten Wasserhahn der Redaktionsteeküche...

Es war aber so. Weil, wie wir anschließend, d. h. drei Tage später, nach der lang sich hinziehenden Ernüchterung, feststellen konnten (vermittels Recherche), weil also in einer unweit gelegenen Sektkellerei der Gärungsdruck gestiegen, die Wasserleitung nicht rechtzeitig unterbrochen, der Sekthahn zu früh aufgedreht worden war.

Außerdem ist das Rückschlagventil nicht in Ordnung gewesen.

Um der Wahrheit die Ehre zu geben – ich war noch der Nüchternste geblieben. Sekt holte mich zu jener Zeit nicht von den Füßen. Um mich auf die steile Laufbahn als Journalist voll und ganz einzustellen, kippte ich schon morgens eine halbe Buddel Schnaps.

So was gewöhnt an Alkohol. Ich trank den Leitungssekt wie Sprudel, und als die andern um mich herum alle miteinander Rumba tanzten und mit der Chefredaktionssekretärin in Striptease wetteiferten, machte ich mich auf die Socken.

Junge, sagte ich mir damals, das ist die Chance deines Lebens. Jetzt recherchierst du mal anständig durch, was da eigentlich passiert, wenn dieser Sekt den Wasserhähnen des Stadtviertels entströmt.

Es war schon eine lustige Zeit.

Im nahegelegenen städtischen Krankenhaus begann der Chefarzt mitten in einer schweren Operation zu steppen. Der Mann war groß und beleibt, und er schwitzte während der Arbeit ständig, die OP-Schwester mußte ihm alle zehn Minuten ein Glas Wasser reichen. Die Story vom volltrunkenen, stepptanzenden Chirurgen, die wir ins Blatt rückten, ging um die Welt.

Ebenso die Meldung vom besoffenen Polizeiauto. Es verursachte drei Verkehrsunfälle und wurde schließlich unter Wasser geparkt, auf dem Grund des Flusses, der unsere Stadt durchquert. Die drei Polizisten schwammen schnaufend an Land, marschierten ins Rathaus und verhafteten den Bürgermeister, wegen, wie sie ausdrücklich anmerkten, »Vollnüchternheit«.

Was nachweislich nicht stimmte. Der Bürgermeister unserer Stadt befand sich bereits seit mindestens dreizehn Jahren im ununterbrochenen Vollrausch. Alle Bürger wußten das. Wenn die Polizisten es vergessen konnten, so zeugte das noch einmal mehr für ihren wenig diensttauglichen Zustand.

Ich recherchierte diese Vorkommnisse damals alle Stück für Stück. Die Verwunderung der braven Bürger, als ihr Wasser, hatten sie den Hahn aufgedreht, fauchend und zischend hervorschoß, war enorm. Verschämt steckten ältere Damen die Köpfe zusammen und beratschlagten, was zu tun sei: Denken Sie nur mal, wenn ich mich auf die Toilette begebe, also da sprüht das Wasser ganz unanständig prickelnd hoch...

Es gab wirklich eine Unmenge seltsamer Beobachtungen. Im seriösen Ratskeller beschwerten sich Gäste über den komischen Geschmack ihres Kaffees. Suppen gingen mit idiotischen Begründungen zurück. Der Suppenkoch meinte, die ganze Stadt sei verrückt geworden. Er kostete jede zurückkommende Suppe und fiel anschließend lallend in den großen Suppenkessel.

Der Ratskellerchef entließ den Suppenkasper erbost, trank zur Beruhigung ein Glas Wasser und begann mit der gelben Marie, die aushilfsweise kellnerte, einen langsamen Walzer zu tanzen.

In der nächsten Stunde bahnte sich im vollbesetzten Ratskeller eine unerhörte öffentliche Orgie an. Auf irgendeine Weise war fast jeder Gast mit dem Zauberwasser in Berührung gekommen, und die wenigen anderen Gäste glaubten, das sei hier immer so, und hielten noch toller mit.

Zahnarzt Dr. Kiefhauer hatte Mühe, seinen Patienten

Herrn Naumann ruhig zu halten. Sie befanden sich mitten in einer schwierigen Behandlung. Die Arzthelferin besorgte den Wasserzulauf, damit die Nebenzähne nicht heißliefen, doch der Patient wurde immer lustiger.

Mann, sagte Dr. Kiefhauer schließlich erbost, Sie riechen wirklich wie eine ganze Sektkellerei!

Zu diesem Zeitpunkt begann die Helferin zu schwanken. Sie stieß seltsame Laute aus und kicherte.

Was haben Sie bloß? fuhr der Arzt die Helferin an.

Sekt! gab die kleine Maus zur Antwort und wies dabei auf das kleine Fließbächlein, das sie in den Mund des Patienten lenkte.

Einen Suffkopp hätte der schwergeprüfte Zahnklempner ja noch hingenommen, zwei gingen ihm entschieden zu weit.

Das ist kein Sekt, das ist gutes deutsches Leitungswasser! schrie Dr. Kiefhauer, lenkte sich den Wasserstrahl in die eigene Mundhöhle und begann kurz darauf die schlimmsten Gassenhauer zu gröhlen.

Von dem Dreier in der Praxis des Zahnarztes erzählten die Bewohner unserer Stadt noch Jahrzehnte später.

Seltsam ging es auch im Hotel zum deutschen Kaiser zu, dem ersten Haus am Platze, einer unerhört reputierlichen Klause, wo sich der Gast normalerweise nicht mal zu räuspern wagte, weil das Personal so vornehm dreinblickte.

Schon zum Frühstück erschienen die Gäste in gehobener Stimmung. Das Rezeptionspersonal und die hochseriöse Bedienung trauten ihren Augen nicht. Was da geschah, durfte einfach nicht wahr sein. Doch die Hotelgäste hatten sich beim Zähneputzen einen angedudelt.

Lady Miller, die reiche amerikanische Touristin, erschien mit einem hauteng aufgeklebten Kleid. Sie hatte ein Sektbad genommen und verteilte für den tollen Sonderservice Trinkgelder.

Gleich eilten andere Damen in die Bäder, um es auszuprobieren. Tatsächlich läßt Sekt, auf der Haut verdampft, einen klebrigen, süßen Stoff zurück, der die Männer dazu verführt, ihre Damen rundum abzuschlecken.

Den Hotelgästen dämmerte jetzt, weshalb amerikanische Filmstars früher so gern in Sekt badeten. Man war in Amerika davon abgekommen, wegen der Teuerung. Bei uns im Ort gab's das jetzt umsonst.

Noch Jahre später reisten Amerikanerinnen an, in der verwegenen Hoffnung, »German Säkt« in der Badewanne vorzufinden. Doch der große Traum vom kleinen deutschen Hollywood-Babylon war längst ausgeträumt. Auch in unserer Stadt badete man wieder in ganz einfachem Wasser.

Den Gipfel der Animation erreichten allerdings die Gäste in unserem kleinen innerstädtischen Bordell. Hier war es schon seit Jahrzehnten zu keinen richtigen Feten mehr gekommen. Der Betrieb schleppte sich so hin. Wenn die wenigen späten Gäste eine Flasche zur Aufmunterung bestellten, gab es für teures Geld Sekt Marke Hausordnung, also 99 Prozent Leitungswasser.

Als nun wirklicher Sekt aus der Leitung floß, wurde der teure Wassersekt in unserm städtischen Puff ganz aus Versehen zum wirklichen Sekt.

Die Gäste wunderten sich, und die Huren waren, weil des Alkohols längst entwöhnt, bald besoffen. In dieser Nacht nicht anwesend gewesen zu sein, grämten sich viele, viele Männer noch lange Zeiten. Es soll, aus dem Stand heraus, eine Orgie stattgefunden haben, wie sie selbst die ältesten Huren nicht erinnerten. Und alles unbeabsichtigt, weil eben Sekt aus der Leitung floß. Allein von den Berichten und Nacherzählungen erhöhte sich der Umsatz des Hauses die nachfolgenden drei Jahre ums Dreifache. Da gab es aber schon längst wieder Sekt Marke Wasserhahn.

Die Honoratioren der Stadt zeigten sich gegenseitig die kleine schnelle Mary. Sie galt als Zugnummer des Hauses und nutzte ihre Klassestellung weidlich aus mit überhöhten Tarifen und abgekürzten Verfahren.

In jener Nacht allerdings sei ihr der kostenlose Sekt derart ins Blut gegangen, daß sie es mit sieben Männern zugleich trieb, und zwar dreieinhalb Stunden hindurch, pausenlos. Die Herren waren hinterher fix und fertig. Drei mußten ins Krankenhaus (einer auf die Intensivstation), zwei beantragten Kuren, einer konnte daraufhin eine Frau ehelichen, um die er jahrelang vergeblich angehalten hatte. Der siebte starb am darauffolgenden Abend am Herzinfarkt.

Die schnelle Mary dagegen überlebte, als sei gar nichts gewesen. Leider verfiel sie danach wieder in den alten Trott, und wer mehr möchte, ist auf die Berichte und Schilderungen anderer angewiesen.

Die große Sektfete ging leider schnell zu Ende. Der Fehler in der Leitung wurde bald gefunden und behoben. Die Behörden ermittelten wegen Wasserverschmutzung. Das Finanzamt verdonnerte die schuldige Sektkellerei zu Steuernachzahlung und einer Strafe wegen »unbefugten öffentlichen Ausschanks«.

Die Bordellbesitzerin hatte erhöhte Vergnügungssteuern zu berappen.

Alles also, was Sie, liebe Leser, jeden Sommer, den Gott noch werden läßt, in Ihren Zeitungen als soeben vorgekommenes Ereignis lesen dürfen, alle Jahre wieder, ist in Wirklichkeit schon vor langer Zeit bei uns daheim passiert.

Daraus wurde der weltweite Füller für die Sauregurkenzeit.

Soeben läßt der Chefredakteur mir mitteilen, er sei sehr zufrieden mit meiner Story. So detailliert sei sie noch nie gewesen, und derart verrückt und mit taufrischen Einzelheiten bestückt.

Okay, ab in die Druckerei!

Ein Fall ungeheurer Leidenschaftlichkeit

Das Paar saß im Wartezimmer des Landarztes auf zwei Stühlen nebeneinander, und beide blickten starr geradeaus. Sie hatte einen etwas erschrockenen Ausdruck im Gesicht, ihre Augen waren starr unter Aspik gelagert, als kämen sie aus der Kälte und wären noch nicht aufgetaut.

Er saß vorsichtig, auch sah es aus, als halte er sich sprungbereit, jedenfalls, wenn einer einen spitzen Nagel im Schuh hat, tritt er vorsichtig auf. Der Mann saß vorsichtig auf dem Stuhl.

Die beiden warteten, daß die Sprechstunde endlich begänne. Der Arzt verspätete sich bei Krankenbesuchen. Endlich öffnete sich die Tür zum Sprechzimmer, und die Helferin bat das Paar einzutreten.

Die Frau erhob sich und ging voran. Sie machte den Eindruck einer Frau in Trance. Der Mann folgte ihr, und es sah aus, als ginge er auf rohen Eiern.

Haben Sie Eheprobleme? erkundigte sich der gestandene, tüchtige Landarzt, denn wenn ein Paar erscheint, leiden meist beide an dem, was schon Aristoteles die Wurzel der Menschheit nannte.

Die beiden Patienten schilderten ihr Leiden, und der Herr Doktor hörte ihnen zu und begriff nicht recht, was sie meinten.

Obgleich ihre Angaben exakt waren und miteinander übereinstimmten, blieb der Fall seltsam unklar, um nicht zu sagen: unwirklich.

Der Landarzt erinnerte sich eines weit zurückliegenden

Falles von allerdings ungeheurer Leidenschaftlichkeit. Seitdem war ihm derlei nie mehr zu Ohren gekommen. Das wollte viel heißen. Denn der Herr Doktor verfügte über langgestreckte, riesengroße Blumenkohlohren, mit denen er alles zu hören vermochte, was in der Region geschah. Kein medizinisch wichtiges Detail blieb ihm verborgen. Er wußte Bescheid.

Der weit zurückliegende Fall von übergroßer Leidenschaftlichkeit hatte damals viel Aufsehen erregt. Ein langwieriger chirurgischer Eingriff war notwendig geworden. Die Zeitungen berichteten darüber selbst im fernen Amerika.

Sind Sie, eh, besonders leidenschaftlich vorgegangen? erkundigte sich der Arzt, eingedenk des damaligen Falles, jetzt.

Die beiden sahen sich an. Die Spuren eines anderthalbjahrzehntelangen Ehelebens hatten sich unübersehbar in ihre Züge eingegraben. Die Langeweile des ehelichen Geschlechtsverkehrs hatte ihr Netz gesponnen. Groß und breit saß die Unzufriedenheit in ihren verstumpften Gesichtern, eine Spinne, die sich vom Blut kleiner Lebewesen nährte, das Vieh.

Aber man war immer durchgekommen, miteinander, man hatte es ausgehalten, verzweifelt zwar, doch ohne abzustürzen.

Und nun dies.

Vielleicht lag es an der von Ihnen eingenommenen Position? erkundigte sich der Arzt vorsichtig.

Der Mann verneinte.

Die Frau blickte auf, und ein Anflug von Staunen vermenschlichte ihr starres Gesicht. Positionen? fragte sie verwundert.

Der Arzt dachte still: Ist sie eine Kuh, oder spielt sie die Kuh nur?

Zum Beispiel eine Neunundsechzig? fragte der Arzt.

Wie neunundsechzig? staunte die Kuh.

Sie dürfen versichert sein, Herr Doktor, mischte der

Mann sich jetzt ein, es lag nicht an dieser Position!

Wovon sprichst du eigentlich? erkundigte die Frau, diese Kuh, sich bei ihrem Mann, dem Ochsen.

Der Arzt verspürte einen Anflug von Wohlbefinden, wenn er an das fatale Resultat dieser Liebe dachte. Allerdings blieb der Fall geheimnisvoll, und das ärgerte den Doktor zugleich. Bitte berichten Sie nochmals, was geschah! forderte er die Frau auf.

Sie wiederholte, was sie anfangs bereits geschildert hatte.

Der Arzt wandte sich an den Mann: Und Sie – also Sie müssen doch etwas dabei bemerkt haben?

Ja, sagte der Mann, dann widersprach er sich, indem er nein sagte, offensichtlich war er verwirrt, was man gewiß begreifen konnte, angesichts des Tatbestandes, na, sagen wir der Krankheit oder wie man das nennen sollte, es war ja eigentlich mehr ein Unfall und Unglück.

Der Mann sagte jetzt ganz deutlich: Als ich mich erhob, Herr Doktor, also als ich mich von Emma löste und erhob, da hatte ich so ein seltsames Gefühl, als wäre es plötzlich kalt geworden, und als ich mich anblickte, also – da war es so wie jetzt!

Bitte, sagte der Doktor, machen Sie sich frei!

Der Landarzt war noch einer von altem Schrot und Korn, also ein ziemlich kräftiger Ludwig. Manche nannten ihn auch August von Hessen, in Parallele zum berühmt-berüchtigten August von Sachsen, der seine Mätressen sogar durch Fernwirkung zu schwängern vermochte.

Als Praktiker war der Doktor unverwüstlich, unschlagbar, unübertreffbar. Auf seinen weiten Reisen ins Land heilte er manchen jungen Witwenschmerz. Er tröstete die Strohwitwen und bohrte notfalls eine Jungfrau vor, ganz wie's das ärztliche Ethos verlangte.

Als er seinen Anhänger eines schönen Tages gerade weit und tief in die schönsten Bereiche einer besonders schönen Schönheit vom Lande schickte, berührte ihn so etwas Unbestimmtes wie ein Gefühl von Kälte, und als er sich erhob, hatte er scinen Anhänger verloren.

Ein furchtbarer Verdacht zog durch sein Gehirn. Wahrscheinlich handelte es sich um eine Infektion, und er, der Arzt, hatte sich an dem seltsamen Paar in seiner Praxis angesteckt.

Der Arzt stürzte sich auf die Dame, um sie handgreiflichst zu untersuchen, doch so umfänglich, wissend und tief er auch vordrang, er fand keine Spur mehr von dem, was ihm abhanden gekommen war, und das verfinsterte seine Stimmung beträchtlich.

Er packte die Partnerin, schaffte sie in seinen Landrover und brauste zum Kreiskrankenhaus, wo man über die modernsten und raffiniertesten Geräte verfügte. Da würde man seinen entlaufenen Jungen schon auffinden im Bauch der Frau.

Sämtliche Chirurgen des Kreiskrankenhauses beteiligten sich an der Fahndung. Auch die Internisten wurden zugezogen, wegen ihrer Intimkenntnis, die weibliche Seele betreffend, und natürlich den Gynäkologen holte man bei, die miteinander zerstrittenen und unterschiedlichsten Schulen zugehörigen Nerven- und Seelenärzte, den Kinderdoktor, die Hautärztin sowie den hinkenden Röntgenologen.

Man röntgte, führte Katheter ein und aus, zapfte Blut ab und setzte die gesamte Technik in Bewegung. Sogar das neueste Gerät – es kostete fast fünfzig Millionen und hieß »Iddlipertabunoweiner« – wurde eingesetzt, obwohl niemand wußte, wofür bzw. wogegen es gut sein sollte, man wollte aber auf Nummer Sicher gehen und jedenfalls keine Chance auslassen, zumal es sich um einen Medizinerkollegen handelte, der, seines hohen Einkommens wegen, selbst die überhöhtesten Rechnungen begleichen konnte. Leider ergaben sich nicht die geringsten Anhaltspunkte. Selbst ein anschließend für notwendig befundener Kaiserschnitt förderte das gesuchte Organ des Landarztes nicht wieder zutage.

Hätte mich auch gewundert, brummte der Psychoanalytiker des Kreiskrankenhauses, der Fall liegt eindeutig im psychosomatischen Bereich.

Aber mein Ding, mein Ding ist weg! schrie der enttäuschte Landarzt rauh und roh, doch die Herren Kollegen wandten sich alle von ihm ab und gingen in die verschiedenen Richtungen fort. Schließlich waren sie angestellte Mediziner.

Nur der Psychoanalytiker zauderte einen Augenblick, bevor er sich abwandte, und er sprach: Bei meiner lieben Frau bemerkte ich in letzter Zeit auch gewisse konvulsivische Zuckungen! Mehr verriet er nicht, besonders deshalb, weil er nicht mehr wußte. Doch begann schon manche große Entdeckung mit einer winzigen Andeutung.

Bis sich die Fälle zu häufen begannen im ganzen Lande. Die Paare glaubten wie von altersher Liebe zu machen, und danach wog der männliche Partner ein halbes Pfund weniger, die Frau aber hatte nicht etwa zugenommen, wie man, des gerechten Ausgleichs halber, annehmen könnte.

Nein, das Ding löste sich ab und spurlos auf. Wenigstens schien es so. Am erstaunlichsten aber war und blieb die horrende Schmerzlosigkeit des Vorgangs. Professor Hlidey, eine Kapazität auf dem Sachgebiet der Schwänze, entwikkelte eine Wissenschaft von der Endmorphologie, wonach es sich nur um den zweiten Teil einer schon viel älteren Kulturformung handle. Schließlich habe der Mensch allgemein in Vorzeiten einen Schwanz besessen; Weiblein wie Männlein entstammen bekanntlich dem Tierreich, wo man allgemein geschwänzt lebt. Der Mensch stieß das tierische Kennzeichen während seines kulturellen Fortschritts gänzlich ab, und nun folgten ihm die männlichen Menschenwesen darin nach, und die weiblichen Menschenwesen unterstützten sie darin, damit es auch gelinge.

Die neue Morphologie des Professors ließ ein heftiges Für und Wider entstehen. Man berief einen akademischen Morphologenkongreß ein, und zwar nach Westberlin, der Steuervergünstigung halber.

Es reisten aus der ganzen Welt einhundertelf medizinische und morphologische Kapazitäten an. Eine intime Computerauszählung ergab, bei Beginn des Kongresses waren elf Schwanzlose dabei, am Ende hatte sich deren Zahl verdoppelt, denn von den angereisten Kapazitäten waren sieben weiblichen Geschlechts, und sie bewirkten während des Kongresses den steten Fortgang der männlichen Kulturentwicklung.

Kurzum, innerhalb der drei Kongreßtage in Westberlin kamen den Kapazitäten weitere elf Schwänze abhanden. Mit anderen Worten, das Treffen war gescheitert, man wußte danach nicht mehr als vorher, besaß aber weniger Organe als früher, was leider das Endresultat der meisten wissenschaftlichen Kongresse ist.

Unterdessen erschien in den USA eine statistische Auswertung, genannt Schnipp-Schnapp-Report, den eine akademisch gebildete Prostituierte von Los Angeles vorlegte.

Das statistische Material ergab, daß die Frauen, die zum Anlaß der Entmannung ihrer Männer wurden, danach zwar keine Spur des wegeskamotierten Organs aufwiesen, insgesamt jedoch über auffallend stark ausgebildete, muskulöse Schamlippen verfügten, und zwar äußere wie innere.

Eine erneute Befragung der Opfer ergab, daß mindestens jeder zweite Mann im fraglichen Zeitraum neben einem Gefühl von Kälte auch ein Gefühl von Strangulation gehabt hatte.

Allerdings empfand keiner der Männer diese untere Strangulation als gefährlich, was dadurch erklärt werden kann, daß der Mann die tätige Mitarbeit der Frau gemeinhin dankbar hinnimmt.

Nachdem die medizinisch-wissenschaftliche Welt mit ihrer Aufhellung der Umstände so weit fortgeschritten war, lag die Theorie nur nahe, daß es sich bei dieser Form von Entmannung um eine psychisch bedingte Muskelkontraktion handeln müsse, deren Resultat dem Vorgang nahekam, den man guillotinieren nennt. Die starke Verstärkung des

Druckes, den die weiblichen Schamlippen (äußere und innere) auf das erigierte männliche Glied ausüben, führt zum Abkappen des gefährdeten Organs.

Blieb nur noch die Frage zu lösen, weshalb es zu dem geschilderten Vorgang komme und was mit dem abgekappten Organ hernach geschehe, von dem nichts mehr auffindbar ist.

An dieser Frage entzündete sich der medizinisch-wissenschaftliche Streit aufs heftigste, und es bildeten sich zwei völlig entgegengesetzte Schulen.

Die eine, meist von Männern verfochtene und mehr konservative Theorie besagt, bei den Frauen setze sich in letzter Zeit das über Jahrtausende hinweg unterdrückte Mordspinnensyndrom frei. So wie die berüchtigte Mordspinne ihr Männchen nach vollzogenem Akt töte und verspeise, so räche sich die moderne Frau mit einem Akt von Teilkannibalismus. Ohne es bewußt zu wollen, raube die Frau dem Mann das Glied, das in einem ebenso unbewußten Schlürfvorgang vermittels Osmose aus dem Gebär- in den Verdauungstrakt gerate, wo es aufgelöst werde und verschwinde.

Die meist von Frauen aufgestellte gegensätzliche Theorie besagt hingegen, die in letzter Zeit um sich greifende Entschwänzung des Mannes sei ein psychoanalytisch vollkommen klärbarer Akt männlicher Selbstbestrafung, wobei die Schuld, wie seit Jahrtausenden, den daran völlig unschuldigen Frauen zugeschoben werde. Jedenfalls handle es sich um nichts weniger und nichts Geringeres als den augenscheinlichen Beginn der männlichen Selbstauflösung. Und die Verfechterinnen dieser Theorie versäumen denn auch nie, alle Frauen der Welt zum tagtäglichen harten Training ihrer Schamlippen (der äußeren und inneren) aufzufordern: Frauen, bewaffnet euch und geht zur druckvollen Aktion über.

Weil jeglicher Druck eben Gegendruck erzeugen müsse, so die Vertreterinnen der letzteren Theorie, liege es nun nur an den Frauen, den Männern eindrucksvoll beizubringen, daß sie ihre Rüssel einzuziehen und ihre Schwänze zurückzustülpen hätten.

Im kommenden Jahr soll in Westberlin (der steuerlichen Erleichterungen halber) ein neuer Kongreß stattfinden. Es geht um die Frage, ob die männlichen Opfer dabei tatsächlich ein Gefühl von Kälte verspüren. Die weiblichen Morphologen behaupten, es müsse ein Gefühl von Wärme sein.

Wir werden darüber berichten, machen aber bereits jetzt darauf aufmerksam, daß wir den wissenschaftlichen Ergebnissen des Kongresses mit äußerster Skepsis gegenüberstehen. Vorsichtshalber nämlich nehmen diesmal gar keine männlichen Morphologen teil.

Eine Insel natürlicher Gesundheit

Bei dem, was ich tue, kommt es nicht nur auf Genauigkeit, lange Erfahrung und Zartgefühl an, sondern auch auf gute Kondition, Ausdauer und ein exakt abgestimmtes Zusammenspiel von Physis und Psyche.

Anfangs übte ich Hunderte von Liegestützen, ich war hart gegen mich selbst wie ein Ausbilder mit seinen Rekruten. Die Position, die ich meistens, wenn auch nicht immer, einnehme, ist der Liegestütz.

Nichts ist dabei wichtiger, als sich mit dem Oberkörper schräg oben zu halten, was ausdauernder Armmuskeln und Handgelenke bedarf, die wollen geübt sein, sollen sie nicht zur Vorzeit und Unzeit ermatten. Es ist außerordentlich unangenehm für eine Patientin, wenn der Therapeut über ihr niederbricht und sie mit der gesamten Last seines Körpergewichts beschwert. Selbst jene Patientinnen, die ihrer Natur zufolge oder wegen ihrer Krankheit dem Helfer an Gewicht nicht oder nur wenig nachstehen, empfinden die auf sie hereinbrechende männliche Last als bedrückend, und dies fördert den Gesundungsprozeß keineswegs, ganz im Gegenteil.

Ich muß mir, in meinem Beruf, ständig vor Augen halten, wie sehr Seele und Leib zusammengehen. Das körperliche Ungeschick des Heilenden steht im vollen Gegensatz zur erstrebten Gesundung des Leidenden.

Gerade dies bedenkend lege ich größten Wert auf seelische Lauterkeit und körperliche Fitness. Also lese ich gute Bücher, spiele regelmäßig Tennis und gehe schwimmen.

Lange Zeit betrieb ich obendrein Leichtathletik und Bodenturnen, erst der Mangel an Zeit ließ mich diese Sportarten einschränken, was mir dadurch leichter fiel, daß ich bemerkte, ich war, einmal bestens durchtrainiert, auf die Trainingsübungen nicht mehr angewiesen, denn die Ausübung meiner Tätigkeit selbst hielt mich nun fit.

So benötige ich morgens nur noch einige wenige Lockerungsübungen, und dann beginne ich gleich die Therapie mit der ersten Patientin.

Als Einstieg lasse ich die Patientin stets die Rückenlage einnehmen, und ich gehe im Liegestütz über sie weg.

Die Bewegungen des Unterkörpers beginnen mit einer Anzahl diskreter, kreisender Annäherungen, wobei mich meine ausgezeichnete Verfassung in die Lage versetzt, jederzeit wieder ein wenig einzuhalten.

Bei längeren Präliminarien lasse ich mich vorn auf die Ellbogen nieder, was mich mit dem Gesicht nahe über das Gesicht der Patientin bringt.

Nun ist so viel Zeit gefunden, wie eine kranke Seele benötigt, um entweder angeworfen oder abgebremst zu werden. Beides kann notwendig sein, nichts wäre so falsch wie brachiale Eile oder zu große Weile.

Endlich, wenn die Körpertemperatur anzeigt, daß die richtigen Grade erreicht sind, forciere ich die Bewegungen, denn das Resultat, der angestrebte Schweiß, der vergossen werden soll, bedarf neben der richtigen seelischen Konstitution auch der rein leiblichen Wärme und Hitze.

Ist es so weit gekommen, zeige ich, über welche Möglichkeiten ein guter Mann, der seinen Beruf liebt und ernst nimmt, verfügt. Wobei ich stets darauf achte, die innersten Gefühle und noch die feinsten Regungen der Patientin zu erforschen, wahrzunehmen und zu berücksichtigen.

Es gibt Patientinnen, die nur durch ein schnelles, rauschhaftes Fest gesunden können. Andere wiederum sind derart ätherisch, daß man sie nie zur Gänze berühren darf, soll das Ziel nicht gefährdet werden.

In den schwierigsten Fällen berühre ich die Patientinnen

nur an drei kleinen Stellen, wiewohl ich über ihnen liege: mit den beiden großen Fußzehen, mit dem therapierenden Organ und, last not least, mit den gespitzten Lippen, denn ein liebevoller Kuß zur rechten Zeit beseitigt manche Schwierigkeit.

Selbstverständlich sind für solche Übungen und Heilungsvorgänge ein athletisch gestählter Körper und artistische Fähigkeiten vonnöten.

Ich darf von mir ohne Übertreibung versichern, ich wurde mit den Jahren immer perfekter.

Heute funktioniere ich wie ein Präzisionsinstrument, und noch viel besser, denn ich bin es mir selbst. Je nach Bedarf schnelle ich um Millimeter höher oder weniger hoch, zur Seite oder nach unten, und ich empfange die wahren Wünsche der Patientinnen wie durch seelischen Funk, die Impulse sagen mir zuverlässig, was zu tun sei und wie, um das optimale Resultat zu erreichen.

Ich gestehe, ginge mir nicht mein Beruf über alles, ich übte Body-Building aus, denn außer in meinem Beruf wird nur noch bei Body-Building jeder einzelne Muskel des Menschen so gefordert und gefördert, daß der Blick auf den so deutlich und schön geformten Körper das ganze Geheimnis der Seele offenbart.

Natürlich gab es ziemliche Barrieren zu überwinden. Anfangs ging es mir nachgerade übel, denn wie sollen die Kranken davon erfahren, daß man darauf wartet, ihnen helfen zu dürfen? Die Ärzte haben es da besser, ihnen hilft die Standesorganisation, und außerdem bewirkt ein akademischer Titel die Wunder, die in der Behandlung ausbleiben. Ein Dr. med. kommt immer voran, wenn er nur will.

In unserem Beruf gibt es keinen akademischen Titel, allerdings können wir ein staatliches Diplom erwerben. Als Naturheiler aber ist unsereins fast hundertprozentig auf Erfolg angewiesen. Um jedoch Erfolg zu haben, müssen erst einmal Patienten her.

Ohne jede Überheblichkeit darf ich von mir sagen, ich

bin einer der weltbesten Naturheiler. So schwer der Anfang auch gewesen ist, meine Therapieerfolge sprachen sich bald herum, und mein Wartezimmer füllte sich. Bald fuhren die Leute von weither zu mir. Ich verlangte keine hohen Honorare, wer aber nicht ewig im Wartezimmer warten wollte oder konnte, der fand Mittel und Wege, die Zeit abzukürzen. Ich forderte nicht viel, doch ich wurde immer besser honoriert.

Dann erschien Imma Piehl. Sie sah nicht leidend aus, nicht krank und nicht therapiebedürftig, doch war sie schon jahrelang von einem zum andern Spezialisten gelaufen. Organisch ohne Befund, psychologisch schwer faßbar, litt die junge Frau an immer neuen Symptomen.

Ich wandte die Augendiagnostik an, blickte ihr tief in die Augen und war ebenso tief enttäuscht. Was sollte ich sagen, verordnen, empfehlen?

Ich sagte: Gnädige Frau, bitte kommen Sie heute abend nach der Tagesschau wieder zu mir.

Weshalb erst nach der Tagesschau? fragte Imma Piehl.

Weil ich noch den Wetterbericht abwarten möchte, antwortete ich. Es war eine Erklärung, die mir so gut gefiel, daß ich selbst daran glaubte. Sie klang so exakt und wissenschaftlich, und wer an den Wetterbericht zu glauben bereit war, der mußte auch bereit sein, mir zu glauben. Schließlich glaubte ich selbst an mich. Wenn es der Erfolg ist, der den Erfolg gebiert, so war ich gerade dabei, die vollkommen gesunde und ebenso vollkommen kranke Frau Piehl zu kurieren.

Meine Stärke besteht in den ingeniösen Einfällen, die ich habe und mit denen ich das eingerastete Verhalten durchbreche. Ich wußte nicht, was ich beabsichtigte, als ich Imma für den Abend nach der Tagesschau zu mir bestellte. Als sie klingelte und ich sie einließ, aber statt den Weg zur Praxis den andern in die Wohnung wies, wußte ich noch immer nicht, welche Art der Behandlung ich zu wählen hätte. Da ich mir ebenso wenig über die Krankheit klar geworden war wie die vielen vorangegangenen Ärzte, beschloß ich, die Therapie durch einen köstlichen Einfall einsetzen zu lassen, der mir freilich auch jetzt noch fehlte.

Dann sagte Imma, sie schwitze nicht. Ich erfuhr, sie hatte nie in ihrem ganzen Leben geschwitzt, an keiner Stelle ihres Körpers, bei keiner Gelegenheit. Ich atmete auf, das Schicksal war mir gnädig gewesen, indem es mir den benötigten Hinweis lieferte. Ich bat Imma Piehl in die Praxis und hieß sie sich entkleidet auf die Lederpritsche legen. Die Behandlung dauerte die ganze Nacht an und endete erst mit den Sieben-Uhr-Morgen-Radionachrichten. Imma war schweißgebadet und erklärte, sie fühle sich gesund wie noch nie in ihrem Leben.

Gnädige Frau, erwiderte ich, der Heilpraktiker vernimmt die Kunde gern, doch kann er nicht umhin, einen kleinen Tropfen Wermut in den Becher der Freude zu träufeln.

Was ist? erkundigte die Patientin sich, aus dem Himmel der Genesung stürzend.

Die Behandlung hilft jeweils nur für kurze Zeit, gnädige Frau, erläuterte ich den schwebenden Sachverhalt, und sie muß über längere Zeitabschnitte wiederholt werden.

Muß sie das wirklich? jauchzte Imma Piehl und fiel mir um den Hals, was ich verlegen abzuwehren suchte. Es ist schwer mit der Standesmoral zu vereinbaren, wenn Patienten sich so benehmen, bei Patientinnen aber gerät man leicht in Verruf. Natürlich muß unsereins, wenn die Therapie es verlangt, Hand und sonst was anlegen, privat aber sollte Distanz herrschen zwischen Patientin und Heilkundigem, sonst wird Ausnutzung eines Abhängigkeitsverhältnisses daraus.

Imma Piehl erschien jede Woche zweimal, und ich brachte sie zum Schwitzen. Wegen des augenscheinlichen Erfolgs reichte bald ein Wochenbesuch, was Imma allerdings nicht einsehen wollte. Sie wäre gern jeden zweiten Tag erschienen, doch ich hatte noch mehr Schwerkranke.

Seltsamerweise begannen die Fälle einander immer mehr

zu ähneln. Erstaunlich viele Patientinnen schilderten die gleichen Symptome. Sie waren unfähig zu transpirieren. Offenbar entwickelte sich eine wahre Volksseuche. Ein Volk, das keinen Schweiß mehr absondert, ist krank, so viel steht fest.

Ich schrieb einen alarmierenden wissenschaftlichen Artikel fürs Zentralorgan der Heilberufe. Das große Echo bestätigte mich in meinem Verdacht, daß es um die nationale Sache schlecht stehe und die Volksgesundheit rasend abnehme, besonders bei den Frauen.

Die Aufgabe, helfend einzugreifen und das drohende Unheil abzuwenden, überstieg fast meine Kräfte. Schon morgens um sieben begann meine Sprechstunde, und die erste schweißlose Patientin breitete sich auf meiner Ledercouch aus.

Ich ließ von einer meiner sieben Helferinnen Blutdruck und Temperatur messen und begann danach gleich mit der Behandlung, indem ich den Puls kontrollierte.

Er ging entweder zu langsam oder zu schnell. Aus allen einzelnen Daten machte ich mir ein Bild vom allgemeinen Zustand der Patientin. Je nachdem setzte auch meine Therapie ein. Ich unterschied, streng genommen, zwischen zwei Haupttypen von Kranken. Typ 1 war der träge Typ mit kaltem Blut, niedrigem Blutdruck und niedriger Pulsfrequenz. Typ 2 war der Gegentyp mit heißem Blut, hohem Blutdruck und hohem Pulsschlag.

Meine Behandlungsmethode blieb im Kern gleich, doch setzte ich unterschiedlich damit ein. Typ 1 galt es anzuheizen, Typ 2 hingegen mußte beruhigt werden.

Natürlich gibt es immer welche, die sich nicht genau festlegen lassen, im Schnitt jedoch waren mir die nervösen, schnellen Typen lieber als die trägen. Bei den Trägen konnte man sich abstrampeln, ohne das geringste Zeichen von Erfolg zu erblicken. Da heißt es dann: Zähne zusammenbeißen und immer weitergemacht. Bei den Nervösen fällt die Heilung leichter, auch strengt die Therapie nicht so unmäßig an.

Im Prinzip allerdings hatte ich nach mehreren anfänglichen Versuchen und Unsicherheiten eine Methode entwikkelt, nach der ich immer verfuhr, ob es sich nun um den ersten oder zweiten Typ handeln mochte. Ich war, als Naturheiler, der Naturheilmethode verpflichtet, und daran konnte mich niemand hindern.

An Versuchen, mich zu hindern, fehlte es nicht. Angefangen bei den Schulmedizinern, die uns Naturheilern ja immer feindlich gegenüberstehen, weil sie ihr Wissen schwer erlernen müssen, während wir Naturheiler unserer eingeborenen Berufung folgen, angefangen also bei den graduierten Medizinern bis hin zu meinen Naturheilkollegen, die mein ungeheurer Erfolg einfach ärgerte und neidisch machte, gab es viele Angriffe und Beschwerden in der Presse sowie bei den staatlichen Kontrollinstitutionen.

Ich wurde aller nur denkbaren Vergehen bezichtigt. Meine Therapie sei gar keine, hieß es. Man verübelte mir meine Weigerung, die üblichen Giftstoffe, die als Medikamente bezeichnet werden, anzuwenden und zu verschreiben.

Ich halte es mit den ungiftigen Naturheilmitteln, wandte ich ein. Darauf wurde mir höhnisch geantwortet, man wisse schon, um welche Naturheilmittel es sich handle.

Ich verwies demgegenüber auf meine Methode der Homöopathie. Auch darauf antwortete mir der blanke Neid, und dabei hätte doch jeder der Kollegen ebenso homöopathisch arbeiten können.

Alle Klagen und Anfeindungen nützten meinen Feinden wenig, der Erfolg gab mir recht. In der Zwischenzeit hatte ich anbauen und meine Praxis erweitern müssen, besonders die Flucht der Wartezimmer. Aber auch die Ordinationsräume baute ich, den neuen Erfordernissen entsprechend, um. Jeder einzelne Raum brauchte nicht groß zu sein und enthielt nur eine Ledercouch und einen Stuhl.

Anfangs setzte ich mich auf den Stuhl, um mit der Patientin das Krankenbild zu besprechen. Danach erfolgte die Behandlung. Meine Sprechstunde zog sich bis spät in die Nacht hinein, denn es ließ sich nie genau voraussagen, wann eine Behandlung anschlug und wann nicht.

Aus steuerlichen Gründen hatte ich meine Praxis unterdessen in ein »Institut für organisches Schwitzen« umgewandelt. Die Zeitungsmeldung, wonach mich keine Patienten, sondern nur noch Patientinnen aufsuchten, stimmte nicht ganz. Es erschienen manchmal auch Männer. Ich wies sie nicht ab, sondern überzeugte sie davon, daß ich keine gleichgeschlechtliche Therapie durchführen könne. Es stimmt, in einigen wenigen Fällen kam es zu persönlichen Attacken auf mich. Für diese Fälle führte ich in einer hinteren Tasche meines weiten und bis zum Boden reichenden weißen Kittels ein Abwehrspray. Auch dies sprach sich herum, und bald kam kein einziger Mann mehr zu mir.

Die Frauen aber behandelte ich alle zu ihrer höchsten Zufriedenheit, gleichgültig ob sie mit Krankenschein erschienen oder als Privatpatientinnen. Ich kannte keine Klassenunterschiede und achtete darauf, keine Patientin vorzuziehen oder zu benachteiligen. Das verbot mir mein Ethos als Naturheiler.

Auch erkundigte ich mich vor Beginn der ersten Behandlung höflichst nach den persönlichen Vorlieben und Abneigungen der Patientinnen. Manche liegen lieber auf dem Bauch als auf dem Rücken. Andere mögen gewisse Vorkehrungen, Begleiterscheinungen, Sensationen. Im Prinzip bin ich gegen Sensationen, denn sie stören den normalen Heilungsbetrieb beträchtlich. Patientinnen, die dabei zu laute und brutale Rock- oder Popmusik lieben, bringe ich nach Möglichkeit auf leise Weisen, meinethalben Jazz oder, noch einfacher, zärtliche Streichmusik. Zwar sind meine einzelnen Ordinationsräume schallisoliert, doch dringt trotzdem was durch, wenn zu heftig therapiert werden muß.

Natürlich werde ich oft gefragt, wie ich das durchhalte, und ich verweise auf meine glückliche Konstitution. Wenn einer als Boxer sein Geld verdient, so führe ich als Beispiel an, dann darf er eben nicht immerzu rauchen und Unmengen trinken, außerdem muß er eine entsprechende Konstitution mitbringen und ein hartes Training absolvieren.

Ich bin der geborene Heilkundler, sage ich. Schon früher, als Kind noch, heilte ich in Einzelfällen kranke Mädchen und Frauen. Als heranwachsender Jugendlicher wurden meine laienhaften Künste immer öfter benötigt, und um mich herum bildete sich eine Insel natürlicher Gesundheit.

So machte ich schließlich einen Beruf daraus, der mehr ist als nur ein Job, ich verstehe ihn als Berufung. Noch nie verließ eine Patientin unverschwitzt meine Institutsräume. Ich mache sie alle naß. Eine jede wird in Erregung gebracht, in Bewegung versetzt und dem Leben neu geschenkt. Ich studierte nicht umsonst die uralten Bräuche der Heilung. Krankheiten gab es schon lange vor der Gründung medizinischer Fakultäten. Und auch Heilung gab es lange vorher. Nur die lateinischen Bezeichnungen fehlten.

Ich beschäftigte mich intensiv mit der alten natürlichen Heilkunde und entdeckte die ursprünglichen Heilkräfte neu, die aus dem ersten Quell fließen. Es sind immer nur Tropfen, um so mehr muß man sie achten und sammeln und ihrer Bestimmung zuführen. Heute sind die Quellstellen oft verunreinigt mit Chemiegiften, Schwermetallen und sonstigem Schmutz. Da büßen die alten Heilmittel ihre Qualitäten ein.

Es kommt darauf an, die vielen Gifte wieder zu entfernen. Also meide ich das Übermaß der Gifte.

Sodann meide ich den Streß, diese Krankheit unserer Zeit. Zwar lebe auch ich unter dem Diktat der Quarzuhr, und wenn mich die eine Patientin zu lange in Anspruch nimmt, besteht die Gefahr, daß ich bei einer anderen Patientin zu kurz therapiere. Doch habe ich diese ständige Gefahr schon früh bemerkt und meine Gegenstrategien entwickelt. Die Zeitverkürzung ist der größte Fehler, der einem Naturheiler wie mir unterlaufen kann. Deshalb besitze ich eine Uhr mit nur mir verständlichen Alarmsignalen, und ein Signal ertönt, wenn ich zu hastig und nervös agiere. Gleich rufe ich mich dann zur Ordnung und bringe wieder Ruhe in meine Arbeit. Wenn es dann am Abend doch an Zeit mangelt, nehme ich meine letzten Patientinnen mit in meine

Privaträume. Man muß auch Opfer bringen, sage ich mir, im Dienste der menschlichen Gesundheit. Wenn die letzte Patientin am Morgen, wenn wir aufstehen, Hunger hat, was fast immer der Fall ist, frühstücken wir zusammen, und dann beginne ich den neuen Tag mit einer ersten fröhlichen Therapie.

Denn nichts geht über das körperliche Wohlbefinden, und so verbringe ich manchmal vierundzwanzig Stunden am Tag im Dienst dieser Volksgesundheit, weil ich eben nicht bloß einen Job habe.

Naturheilung ist kein Beruf, sondern eine Berufung.

Neuerdings wird mein Wirken sogar von der standesgemäßen Schulmedizin anerkannt. Sie boten mir einen Lehrstuhl an. Wahrscheinlich möchten sie jetzt alle gern von mir lernen, wie man Patientinnen zum Schwitzen bringt. Allein durch Naturheilmethoden. Ich will es sie ja gern lehren. Doch glaube ich nicht, daß sie viel Erfolg haben werden damit.

Es gehört eine gewisse angeborene Leidenschaft dazu. Wer sie nicht besitzt, dem hilft auch der schönste Unterricht nicht viel weiter.

Er bleibt ein einsamer Schweißer.

Betörende Versprechungen

Scharf gewesen war er schon lange auf sie. Aber er sprach nicht darüber und betatschte sie auch nicht, und das gefiel ihr mehr als das ewige Getue der anderen. Sie mochte Bernd gerade deshalb. Aber sie war nicht scharf auf ihn, jedenfalls nicht wie er auf sie. So kompliziert sind die Verhältnisse manchmal. Doch machte es ihr keine Kopfschmerzen.

Außerdem verschwand er dann und wurde nicht mehr gesehen. Damit ordnete er sich in den großen Strom von Bekannten ein. Es wurden immer mehr Menschen, die man heute sah und morgen nicht mehr sah. Auf und davon. Wie das Leben so spielt. Das beginnt bereits in der Schule. Die einen verlassen die Klasse, andere kommen hinzu. Du verstehst schon als Kind, das Leben ist wechselhaft.

Und launisch. Plötzlich. Überfallartig.

Sabine hatte nur einen Eiskaffee trinken wollen, als sie Mira im Lokal entdeckte.

Mira war nach der Mittleren Reife von der Schule abgegangen. Sabine war an der Schule geblieben und stand kurz vor dem Abitur. So treffen sich alte Freundinnen wieder. Inzwischen zwanzigjährig. Vielleicht werden sie sich dreißigjährig, vierzigjährig, fünfzigjährig ebenso wiedertreffen. Ein erschreckender Gedanke, wenn man es so sah.

Sie sahen es nicht so. Der Gedanke blitzte in beiden nur kurz und furchtbar auf und wurde umgehend beiseite geschoben.

Sabine erfuhr, Mira hatte die ganze Zeit in einer Stadt im Norden gearbeitet und war erst die Woche zuvor wieder zurückgckommen. Nicht allein, sondern mit Norbert, du kennst ihn doch, Sabine!

Dann erschien Norbert im Café. Zufälle gibt es. Die beiden hatten sich in der Stadt an der Nordsee getroffen, sich zusammengetan und beschlossen zurückzugehen, nach Hause.

Da waren sie also wieder im Lande, hatten eine kleine Zweizimmerwohnung gemietet und spielten Mann und Frau.

Wollt ihr heiraten?

Vielleicht, wir wissen es noch nicht –

Vorläufig genügt uns unsere Liebe –

Norbert und Mira küßten einander. Wie früher ließ Norbert sich nicht anmerken, daß er scharf sei auf Sabine. Kein Wort, kein Blick, keine Geste. Aber sie war überzeugt davon, und es amüsierte sie ein wenig. Das Verschwiegene hat seinen Reiz. Man könnte es genauer erforschen.

Besuch uns doch heute abend, Sabine –

Nein, sagte sie, heute geht es nicht. Doch, fuhr sie fort, ich habe mich geirrt, es geht heute. Wann soll ich kommen?

Zur Tagesschau, sagte Norbert.

Interessiert euch so was etwa?

Nur der Wetterbericht, damit man sich auf kalte Zeiten einrichten kann.

Er war schon früher ein Witzbold gewesen, der Norbert, der auf Sabine scharf gewesen war und es noch immer war und es nie zeigte.

Sabine zählte nicht zu den Labilen und Offenherzigen. Eine feste Freundschaft genügte ihr, dafür nahm sie den Nachteil in Kauf, daß sie hin und wieder in die Brüche und in die nächste feste Freundschaft überging. Sabine war nie mehrschläfrig. Sie liebte nicht nebeneinander, sondern nacheinander. Aus Prinzip. Oder aus Faulheit, so ganz klar sah sie das selbst nicht. Außerdem hatte sie sich noch nie viel Gedanken darüber gemacht.

An dem Abend hockten sie auf dem flauschigen Berber in der kleinen Wohnstube, drei Bekannte aus alten Tagen, und sie hechelten alles durch.

Dabei tranken sie so viel, daß es für Sabine nach Mitternacht riskant geworden wäre, mit dem Wagen heimzufahren. Nicht, daß sie betrunken gewesen wären, nein, es war nur ein wenig zu viel und jedenfalls mehr als sonst.

Die beiden Liebenden verschwanden ins Schlafzimmer, Sabine wurde auf die Wohnzimmercouch gebettet. Es war ein angeregter Abend gewesen, es wurde eine angebrochene Nacht, aber es gab noch Schlaf genug, denn der nächste Tag war ein Sonntag, sie konnten alle drei in den Morgen hineinschlafen, unbesorgt und ganz nach Laune.

Am Morgen, es war schon ein ziemlich angebrochener Vormittag, erwachte Sabine mit einem Ziehen im Bauch. Sie legte sich auf die Seite, warf sich auf und herum, nun drang das Ziehen in die Brüste.

Sie war noch nicht ganz wach und rieb sich, und sie erwachte ein wenig mehr davon und spürte, wie sich das Ziehen in ein Prickeln verwandelte.

Aus den letzten Schlafeierschalen hervorbrechend, erinnerte Sabine sich an den vergangenen Abend. Sie war bei den Freunden geblieben. Schlief im Wohnzimmer.

Sie lauschte zum Schlafzimmer hin. Nichts drang durch die Tür zu ihr, kein Geräusch.

Sabine setzte sich auf. Sie fühlte sich voll von Spannung, jede kleine Bewegung vermehrte die Armee fleißiger Zwerge, die in ihr antraten zum Kitzeldienst. Sabine wurde an allen Stellen innen und außen gekitzelt, es kribbelte und kribbelte, sie sprang auf und warf sich die Wolldecke, mit der sie sich zugedeckt hatte, über die Schultern.

Ab ins Bad, Sabine.

Sie duschte heiß und kalt und heiß und kalt, hob den Kopf, ließ sich das Wasser, so stark es anging, ins Gesicht prasseln, daß es schmerzte.

Dann kam der Rücken dran. Sie drehte sich. Voll auf die Schultern. Drehung. Voll auf Brust und Bauch und Oberschenkel. Sie beugte sich vor. Volle Brause auf den Po.

Sie drehte das Wasser ab und rieb sich heftig trocken.

Als sie das Bad verließ und ins Wohnzimmer kam, war sie überzeugt, es sei höchste Zeit abzudampfen. Und warum auch nicht? Der Alkohol hatte ihr Blut verlassen. Es war auch nicht so viel gewesen. Sie hätte in der Nacht durchaus wegfahren können. Wenn sie geblieben war, dann wegen der beiden anderen. Sie hatten darauf gedrungen, Sabine solle bleiben.

Vielleicht beabsichtigten die beiden etwas mit ihren drängenden Bitten. Neugierige Sabine, sie war also geblieben. Doch es hatte sich nichts ergeben. Die beiden waren in ihre Ehebetten abgeschwirrt, Sabine war auf der Couch zurückgeblieben. Jeder für sich und zwei für sich und Sabine für sich.

Sie hatte nichts anderes erwartet. Vielleicht aber doch? Und wie ist das mit unseren Hoffnungen, Sabine? Dieser kalte Norbert, der mit Mira ins Bett stieg und auf Sabine scharf war seit Urzeiten. Und es nie zeigte.

Unentschiedene Verhältnisse widersprachen Sabines klaren Vorstellungen. Ihr Charakter war zu eindeutig dafür.

Sie trat an die Schlafzimmertür, lauschte, drückte sacht die Klinke und öffnete die Tür.

Mira war ein gekrümmtes Fragezeichen unter der Bettdecke. Auf der anderen Seite lag Norbert und starrte gegen die Decke.

Sabine trat näher.

Norbert blickte sie an.

Sabine winkte ihm.

Komm, so komm doch schon.

Er beäugte das Fragezeichen und erhob sich sachte, schlich mehr aus dem Bett, als daß er aufstand. Was Sabine mißfiel. Sie vermißte die offene Eindeutigkeit der Verhältnisse.

Sie fand sich nicht ab damit, akzeptierte aber, was sich tat, und sie verließen das Schlafzimmer beide so leise, wie Sabine es betreten hatte, die Einschleicherin.

Als sie im Wohnzimmer standen, bemerkte Sabine Norberts starren Blick. Sie sah an sich herunter und entdeckte, sie hatte die Wolldecke nicht wieder übergeworfen.

Norbert musterte sie, und es wurde alles eindeutig. Norbert hatte gewiß mit Mira geschlafen, und jetzt geilte ihn Sabines Nacktheit auf.

Das freute Sabine. Du bist schon immer scharf gewesen auf mich? fragte sie.

Ja! Seine Stimme vibrierte.

Dann komm jetzt, Norbert!

Er kam ohne zu zögern, und sie warfen sich auf dem Berberteppich nieder und fielen übereinander her.

Es wurde ein lautloser Liebeskampf, und sie rangen miteinander, weil jeder den andern aufs Kreuz zu legen suchte. Sie gab es dann auf und blieb auf dem Rücken liegen und beobachtete Norbert, wie er sich abmühte, auf ihr liegend. Es befriedigte sie zu wissen, daß er schon immer scharf auf sie gewesen war. Es befriedigte sie, wie er sie nahm und wie er die Heftigkeit des Anfangs überwand und liebevoller mit ihr umging, und sie lag wieder wie vorher, als sie erwachte auf der Couch, es war eine sich immerzu steigernde pralle Lust in ihr und ein Verlangen nach Bewegung und Bewegtwerden, nach Berührung und Berührtwerden, es war Wärme in ihr, Güte, ein Pochen hinter der Stirn, in der Gegend des Herzens und ganz schwer im Unterbauch und zwischen den Innenseiten der Oberschenkel, wo jetzt Norbert sich umtat und auf und ab ging, wo seine Finger sie berührten, sein heißes Glied, seine harten Oberschenkel, deren Muskeln aufsprangen, und dann war Norberts Atem dort, waren ihre eigenen Finger dort, waren sie beide miteinander ganz und gar dort.

War es schön? fragte sie.

Es war schön, antwortete Norbert.

Du bist schon immer scharf gewesen auf mich, und weshalb hast du es nie versucht?

Ich bin nie scharf gewesen auf dich, nie. Nur jetzt, als du gekommen bist, um mich zu holen.

Du lügst, sagte sie, und weshalb lügst du?

Ich lüge nicht.

Und weshalb bist du gleich mitgekommen?

Er lag bleiern schwer und reglos neben ihr auf dem Boden und dachte nach. Dann sagte er: Ich bin nie scharf gewesen auf dich, und ich dachte, du bist nicht scharf auf mich. Als du vorhin kamst und so vor dem Bett standest und winktest, da ist es passiert.

Was ist da passiert?

Da war ich plötzlich scharf auf dich.

Er hat recht, er sagt die Wahrheit, erkannte sie mit der Schärfe vollkommen gestillter Gefühle und Leidenschaftlichkeit. Sie war ruhig wie ein Gewässer in der Windstille. Ich gab ihm nie ein Zeichen, und er gab mir nie ein Zeichen, dachte sie, und vorhin war es das erste Mal, daß wir uns verständigten.

Sie richtete sich auf und fühlte sich wohl wie seit langem nicht. Sie war angefüllt bis obenhin mit Zufriedenheit, Glück und Ruhe. Jede Erfahrung bringt uns einen kleinen Schritt weiter. Das Verhältnis zwischen Norbert und ihr war nie so eindeutig gewesen wie jetzt.

Sie ging zur Schlafzimmertür, öffnete sie und sah Mira aufgedeckt liegen, den Blick zur Decke gerichtet. Sie umfing den weißen, zarten Leib Miras mit einem zärtlichen Blick. Mira bewegte sich ein wenig, und ihre Augen begegneten einander. Es war keine Feindschaft zwischen ihnen, keine Fremde, kein Unverständnis. Es gab keine Vergangenheit, die sich dazwischendrängte und trennte, keine Zukunft, vor der sie hätten Angst haben müssen. Es war alles einfach nur so, wie es war. Sie kannten einander von früher und hatten sich verloren und waren sich wiederbegegnet. Vielleicht setzten sie die unterbrochene Freundschaft fort, vielleicht setzten sie nichts fort und winkten von nun an eine der andern nur zu, guten Tag, wie geht's, wie steht's, auf Wiedersehn. Es würde sich alles zeigen. Sabine spürte Norberts Feuchtigkeit noch zwischen den Beinen, und das verband sie mit Mira dort im Bett, und es war nichts als das gemeinsame Leben, das sie so miteinander einte.

Sie lächelten sich schwesterlich zu. Dann ging Sabine ins Bad, duschte und sang unter der Dusche. Eine Viertelstunde später saßen die drei am Frühstückstisch. Eine weitere halbe Stunde später fuhr Sabine mit ihrem Wagen nach Hause.

Es war ein heller, warmer Julimorgen, voll von leichten Südwinden, betörenden Düften und leise lockenden Versprechungen, die niemand machte und ein jeder vernahm.

Im Walzertakt die letzte Liebe

Als der Sonne im Westen drüben die Puste ausging und der Himmel rot auffetzte, öffnete Oswin die mehrfach verrammelte Tür zur Straßenseite und ging vor zum Zaun, von wo aus er zur Autobahnauffahrt hinabspähte.

Als er zwei Gestalten dort erblickte, schmale schwarze Striche, gegen den brennenden Himmel abgehoben, trat er aus dem verwilderten Grundstück auf die Straße und lief zur Auffahrt hinunter. Im Gehen zog er das eine Bein leicht nach, doch wenn er sich nicht beeilte, fiel es kaum auf.

Die beiden standen an der Auffahrt. Sie gehörten zusammen. Das Mädchen in Jeans mit verzotteltem Langhaar, der Junge zu ihren Füßen, schwere Taschen neben sich.

Es war die ungünstigste Stunde. Um diese Zeit am Abend nahmen die Autofahrer ungern jemanden mit. Schon gar kein Pärchen. Es würde bald dunkel, die Angst griff um sich.

Wenn ihr wollt, sagte Oswin, könnt ihr bei mir übernachten. Ich lebe allein und habe gern Gäste für ein paar Stunden.

Ein Bad würd' ich gern nehmen, sagte das Mädchen, wobei es Oswin fragend anblickte.

Gibt's ein Bad bei dir, Alter? fragte der Junge.

Sag nicht Alter zu mir, sagte Oswin.

Wie soll ich denn zu dir sagen?

Oswin.

Okay, Oswin, ich bin Peter, und das ist Biene!

Sie schüttelten einander die Hand, der Dreiertrupp bewegte sich gemächlich aufs Haus zu. Oswin zog ein Bein kaum merklich nach. Sie näherten sich dem Haus. Blieben vor dem Gartentor stehen. Betraten den Garten, dann das Haus.

Das Bad ist dort drüben, sagte Oswin zu Biene, eure Sachen könnt ihr hier ablegen in der Diele, schlafen werdet ihr auf dem Dachboden, da haben schon mancherlei seltsame Vögel übernachtet. Doch vorher werden wir gemeinsam nachtmahlen, wenn's recht ist, ich lade euch ein.

Oswin zog das eine Bein etwas deutlicher nach, als er abging.

Der Alte drückt sich reichlich sonderbar aus, murrte Peter.

Ich geh' baden, sagte Biene und näherte sich der von Oswin bezeichneten Tür.

Das Bad ließ sich von innen nicht abschließen. Der Türriegel war entfernt, kein Schlüssel im Schloß. Biene ließ Wasser ein, sehr heiß, sie ging gemächlich vor, stand erst auf einem Bein in der Wanne, das Wasser brannte wie Feuer, dann kam das zweite Bein dazu, das Brennen begann an den Fußzehen und lief aufwärts.

Als sie sich zu setzen versuchte und vor der Hitze zurückwich, ging die Tür auf. Sie dachte, es sei Peter, und sagte: Es ist heiß.

Es war aber Oswin, der hereinkam.

He! sagte Biene.

Ich hab' gern Gäste für eine Nacht, sagte Oswin, und ich sehe ihnen gern zu!

Er setzte sich aufs Klo und beobachtete Biene, die sich jetzt niedersetzte, obwohl es ihr fast den Arsch abbrannte, sie hatte das Wasser viel zu heiß eingelassen.

Woher kommt ihr? erkundigte Oswin sich.

Biene antwortete. Sie unterhielten sich eine Weile, während das Mädchen sich wusch, dann ging die Tür auf, und Peter erschien.

He, Peter, sagte Oswin, willst du nicht mit in die Wanne steigen zu deiner Freundin? Wir sparten damit Wasser, es ist knapp hier in unserer Gegend.

Peter blickte verblüfft auf Oswin und dann auf Biene. Er

begriff nicht recht, was los war, Biene begriff es ebenso wenig, sie nickte ihm aber ermunternd zu, so zog er seine Klamotten aus und stieg mit in die Wanne.

Gut so, sagte Oswin, ich geh' und richte einstweilen das Abendbrot! Er erhob sich und zog beim Gehen deutlich das eine Bein nach.

Ein komischer Kauz! sagte Peter.

Ich hatte Angst vor ihm, sagte Biene, er kam einfach hier herein, aber ich glaub', er ist ungefährlich.

Was soll er sonst sein, Biene, in dem Alter steht er weit jenseits von gut und böse.

Ich weiß nicht, Peter. Als er mich ansah, anfangs, war mir sehr ungemütlich zumute.

Hat er dich anders angesehen als ich?

Er sah mich an, als –

Als?

Ach, ich weiß nicht, wie ich es ausdrücken soll. Vielleicht hätten wir doch nicht mit herkommen sollen, Peter!

Ach was, der alte Idiot will nur ab und zu mal Gäste im Haus haben, nichts weiter.

Die Abendmahlzeit der drei konnte sich sehen lassen. Oswin hielt sich ein paar Tiere und lebte beinahe autark. Die hausgeschlachtete Wurst schmeckte wie in alten Friedenszeiten. Das Brot war selbstgebacken und knusprig. Wein gab es in Flaschen, aus deren schlanken Hälsen die knotigen Korken ragten. Der Wein war auch selbst angebaut und gekeltert.

Gift steckt trotzdem drin, merkte Oswin an, es fällt vom Himmel, dringt aus dem Boden, kommt mit dem Wind. Selbst hier am Ende der Welt ist schon alles vergiftet.

Deshalb wollen wir auswandern, sagte Peter.

Ich weiß, sagte Oswin, nach Australien. Aber es ist schon zu spät dazu.

Peter lachte. Biene blickte Oswin verwundert an. Sie speisten und tranken und unterhielten sich in der Art und Weise Oswins, ohne geschwätzig zu werden, immer mal ein paar absurde Brocken, ganz zeitgemäß.

Als sie gesättigt waren, trugen sie die Reste in die große Küche, der man ansah, hier hatte einst eine vielköpfige Sippe gewohnt und gelebt.

Für mich allein ist alles viel zu groß, bemerkte Oswin und schenkte Wein in drei unverschämt bauchige Gläser. Auf euer Wohl!

Sie stießen an. Biene nippte nur. Peter nahm einen langen Zug. Oswin trank sein Glas als einziger aus.

Er stand vor den beiden, hielt die Augen geschlossen und spürte dem Wein nach, der in seinen Wanst niederging. So, sagte er, und nun liebt euch!

Gute Nacht, Oswin! sagte Biene und gab dem Wirt die Hand.

Oswin hielt ihre Hand fest. Nicht oben auf dem Dachboden, hier solltet ihr euch lieben! sagte er.

Wir sind ziemlich müde, wir gehen lieber schlafen! sagte Peter und griff nach Biene.

Nein, ihr solltet euch vorher lieben, und hier!

Hier?

Ja, ich drückte meinen Wunsch doch deutlich genug aus, oder nicht? Ihr werdet doch eurem Gastgeber diesen kleinen Wunsch nicht abschlagen wollen?

Das war mit einem drohenden Unterton in der Stimme gesagt. Es war Oswin nicht anzusehen, daß er drohte, nur geklungen hatte es beinahe so.

Der Alte hinkte beiseite, und als er sich den beiden Gästen erneut zuwandte, sahen sie eine kleine silberne Pistole in seiner Hand.

Los, liebt euch!

Peter ballte eine Hand zur Faust. Er wollte es drauf ankommen lassen. Wollen wir doch mal sehen, ob dieser geile alte Bock es wirklich wagt, mich abzuknallen, wenn er jetzt auf mich zugeht.

Komm, flüsterte Biene, wenn er sonst nichts weiter will. Warum sollen wir uns nicht lieben, wenn ihm so viel daran liegt – Sie begann sich auszukleiden.

So ist's brav von euch, Kinderchen, höhnte Oswin.

Peter blieb stocksteif stehen. Es kostete Biene unendliche Mühe, ihn auszuziehen.

Das war schon ganz schön, sagte Oswin. Allerdings keine Spitzenleistung. Ihr seid wahrscheinlich nicht in großer Form. Oder nicht in der besten Stimmung. Na, das kann ich fast verstehen. Aber jetzt reißt euch zusammen und zeigt mal, daß ihr mehr könnt!

Ich bring' dich um! schrie Peter. Er versuchte aufzustehen, doch Biene hielt ihn zurück.

Na los, Biene! Zeig, was du kannst! feuerte Oswin sie an. Er saß drei Schritt von ihnen entfernt im zerfledderten Ledersessel, die Waffe auf den Knien. Also zeig schon, daß du ihm Feuer machen kannst untern Arsch! schrie er wild. Seine Augen funkelten, sein Bart zitterte an den langen eisgrauen Enden.

Biene zwang Peter, sich auf den Rücken zu legen, sie rutschte nach unten und nahm sein schlaffes, teigiges Glied zwischen die Lippen.

Sehr schön! jubelte Oswin, blas Peter einen!

Biene hörte, wie Peter etwas flüsterte. Sie deutete ein Kopfnicken an, machte Peter ganz prall und steif, und dann richtete sie sich auf, um sich draufzuschwingen.

Einen Moment! rief Oswin, ich will es genau beobachten! Er kam ganz nahe an sie heran. So, gebot er, und jetzt laß dich schön langsam nieder auf seinem Stengel.

Er war jetzt nahe genug dabei. Seine Augen waren groß und traten schon aus den Höhlen, er beobachtete das Schauspiel seiner Jugend mit dem brennenden Interesse ungestillter Leidenschaft. Millimeter um Millimeter senkte sich Bienes Schoß über Peters Glied, bis es ganz in ihr verschwunden war.

So, keuchte Oswin, und jetzt im Galopp voran, ja?

Biene gehorchte, Oswin kniete neben ihnen und ließ sich nichts entgehen. Die Liebesbewegungen der beiden steigerten sich, die Schnelligkeit ging über in die letzte Phase, es war aber eine Drohung in Peters Augen, die Oswin wahrnahm, und als Peter zur Seite auf den Alten zuschnellte, war Oswin gewarnt und senkte den Kopf, daß Peter mit dem Gesicht gegen seinen harten, massigen Schädel prallte, und die Hand mit der Pistole fuhr vor und traf mit einem furchtbaren Schlag in Peters Bauch.

Oswin war blitzschnell auf den Beinen und feuerte einen Schuß ab, der in die Decke ging. Dann senkte sich seine Hand mit der Pistole, der Lauf zielte auf die Stirn Peters, der sich am Boden in Schmerzen krümmte. Blut floß ihm aus Mund und Nase, und er kotzte.

Es wird ein schneller, gnädiger Tod sein! sagte Oswin. Eine letzte heiße Liebe und ein schneller kurzer Tod, was gibt es Schöneres im Leben? setzte er nachdenklich hinzu. Dann erblickte er Biene, und der angstvolle, traurige Ausdruck in ihren Augen ließ ihn einhalten. Ihr werdet es bereuen, sagte er, ihr werdet es sicher bereuen!

Er schlurfte zur Seite. Wandte sich zu seinen Gästen um und befahl in hartem Ton: Los, schlepp ihn auf den Dachboden, und morgen in aller Herrgottsfrühe werdet ihr davonschleichen. Ich will euch nicht mehr sehen!

Die beiden zogen sich auf den Dachboden zurück. Oswin folgte ihnen über die ersten Stufen und behielt sie im Auge, bis sie im obersten Stock über die Leiter weiterstiegen.

Da brüllte Oswin: Ihr werdet einen langsamen, schmerzhaften Tod sterben – Es war, als wollte er weitersprechen, doch unterbrach er seine Rede und ging nach unten in seine Räume.

Die beiden machten es sich auf bereitliegenden alten Matratzen bequem.

Und wir hatten vor, nach Australien zu gehen! flüsterte Biene.

Wir wären eh nie hingekommen, antwortete Peter.

Sie kuschelten sich aneinander.

Was hältst du von dem Alten? fragte Biene.

Komplett verrückt!

Meinst du, er ist gefährlich?

Weiß nicht. Ich glaub' schon. Ja, er ist gefährlich.

Aber er könnte in der Nacht heraufsteigen und uns was tun!

Er wird nicht heraufsteigen. Hast du bemerkt, daß er ein kaputtes Bein hat?

Er zieht ein Bein nach.

Er wird nicht heraufkommen. Er kann es viel einfacher haben und uns unten erledigen. Doch wir werden ihm keine Chance geben.

Wieso nicht?

Wir verschwinden früh am Morgen und gehen zur Polizei. Ich habe es nicht sehr gern, wenn man mich mit einer Knarre bedroht. Es gibt nichts Schlimmeres als einen Mörder. Man muß ihm unbedingt das Handwerk legen. Wir werden den Kerl anzeigen. Er gehört hinter Schloß und Riegel.

Oswins romantische Stimmung hielt die ganze Nacht über an. Er hatte schon drei Tage lang gesoffen, um sich zu betäuben, wenigstens seine vielen inneren Teufel, und um den Engeln, die ihn ebenso bewohnten, freien Raum zu geben für ihre wolkenweichen Tänze.

Oswin, als er die beiden Gäste zum Ficken zwang, vergewaltigte sich selbst und seine schwache Erinnerung, damit er sich zurückbesänne auf die Tage seiner Jugend. Unter dem langen Feuer der Jahre ausgebrannt zu Stein und ebenso gefühlvoll, wollte er am letzten Tag der Menschheit noch ein Fest feiern, und sei es nur ein Fest der Erinnerung.

Gern hätte er es gesehen, wenn die beiden jungen Leute sich wahrhaft geliebt hätten, doch die Zeit drängte, keine Stunde durfte mehr verschenkt werden, und so kam es Oswin nur darauf an, die Vereinigung der Organe ein letztes Mal zu erleben.

Die Beobachtung reichte ihm. Er war ein Mensch des Auges geworden in den langen Jahren der Einsamkeit. An ihm lebten nur noch die Augen, alles andere täuschte er vor, um nicht vorzeitig ertappt zu werden.

Die beiden, die er zur Vereinigung zwang, konnten nicht wissen, was sich unter der Außenhaut des Mörders verbarg, die zarte Bitte eines Sterbenden, der wieder Kind wird, denn je kleiner einer ist am Ende, um so weniger braucht er sich zu bücken, wenn er abtritt.

Ich liebe euch! sagte Oswin unhörbar leise, während er die beiden zur Liebe zwang.

Sie warteten aus Gründen des Gesetzes bis genau sechs Uhr in der Frühe.

Sie schlugen gegen die Haustür, und weil niemand öffnete, schlugen sie die Tür ein und drangen mit entsicherter Maschinenpistole vor bis zu Oswin, der aus dem Bett heraus verhaftet wurde.

Ah, ihr habt mich angezeigt! knurrte Oswin, als er den Jungen und das Mädchen bei den Polizisten entdeckte. Auf der Fahrt wandte er sich nochmals an die beiden: Warum habt ihr mich angezeigt?

Er schüttelte den Kopf, als wäre es nicht zu begreifen. Im Hof des Präsidiums wirkte er wie ein müder alter Mann, und als er vom Wagen ins Gebäude geführt wurde, hinkte er unübersehbar.

Als die Sonne aufging, ging eine zweite Sonne mit ihr auf. Unübersehbar rot und golden stand sie am östlichen Morgenhimmel, ein riesenhafter Bauch voll wallender, züngelnder, kreisender Flammen, ein Feuermeer über Land und Leuten.

Es gab einen Donnerschlag wie noch nie, solange die Erde besteht. Danach war etwas zu hören, das klang wie Flammenknistern und Sturmesrauschen, und jedermann fühlte sich berührt, es war, als striche einem etwas über die Haut und ginge dann eilends weiter, weil noch vielen über die Haut zu streichen wäre.

Im Amtszimmer, wo die Vernehmung stattfand und die Opfer und Zeugen dem Täter gegenübergestellt wurden, wurde das Unheil wohl bemerkt.

Die Beamten traten ans Fenster und starrten auf die

tödliche Sonne am Himmel droben.

Ich sagte es doch, erklärte Oswin gleichmütig, ich hätte euch einen kurzen und schönen Tod schenken können, doch ihr wolltet es nicht. Nun werden wir gemeinsam einen tagelangen, schrecklichen Tod sterben.

Einer der vernehmenden Beamten trat vom Fenster zurück und stellte das Radio an.

Ein Sprecher teilte mit kalter, unbewegter Stimme mit, soeben habe mit einer ersten Kernwaffenexplosion Weltkrieg Nummer 3 begonnen.

Die Stimme des Sprechers verstummte. Eine Sprecherin erklärte mit fröhlicher, sympathischer Stimme: Und nun setzen wir unser Programm fort mit einem flotten Walzer von Joseph Strauß.

Die Musik begann, und alle im Raum vernahmen die alten Weisen, und der Feuerball wallte und wogte immer näher heran, die tödlichen Strahlen umhüllten die wartenden Menschen zu den Geigenklängen aus dem Wien der schönen blauen Donau.

Einer der vernehmenden Beamten meinte: Aber die Sprecherin irrte sich, sie meinte gewiß Johann Strauß...

Der Musikkenner sprach nicht weiter, seine Zunge erkaltete mitten im Mund, die Ohren der anderen begannen sacht zu verglühen, und so erfuhren sie nicht mehr, was ihr musikliebender Kollege ihnen mitteilen wollte. Im ganzen Land roch es nach Feuerstaub und Schwefel, alle Uhren blieben stehen, selbst dem fernen Australien näherten sich die Todeswolken zu einem letzten Beischlaf von Himmel und Erde.

Schade, dachte Oswin, ich hätte Peter und Biene einen schöneren Tod gewünscht, kurz und schmerzlos und als einen wahren abschließenden Höhepunkt.

Aber Papa, so was tut man nicht

Fred Monserrat war eine männliche Hure, um es kurz zu sagen. Er ähnelte allerdings nicht etwa dem Adonis, eher im Gegenteil. Mein Vater pflegte zu bemerken: Was die Weiber an dem Kerl finden, wird mir bis zum letzten Tag ein Geheimnis mit sieben Siegeln bleiben!

Tatsächlich starb mein Vater, ohne das Geheimnis lüften zu können. Der Grund, weshalb Monserrats Sexualausstrahlung meinem Vater derart zusetzte, lag in ihrer gemeinsamen Schulzeit. Ja, mein Papa und Fred Monserrat waren in die gleiche Schule und mehrere Jahre lang sogar in die gleiche Klasse gegangen. Wie mein Vater, Gott sei seiner armen Seele gnädig, oft genug sich erinnerte, gehörte Fred in der Schule nicht gerade zu den Leuchten. Mein Vater dagegen war ein Streber gewesen. Gerade deshalb muß es ihn schwer getroffen haben, als er feststellte, Fred wurde nicht wie andere Schlußlichter von den Lehrern verachtet. Nein, mit Fred ging es schon damals sonderbar – es lief einfach anders. Die Lehrer wagten ihn selbst dann, wenn sie ihm schlechteste Zensuren gaben, nicht herabzusetzen. Sie sprachen in einem Ton von Hochachtung mit ihm. Am schwersten aber zu ertragen war das Verhalten der Lehrerinnen. Egal was Fred von sich gab und wie flegelhaft er sich benahm, die Lehrerinnen leuchteten auf, sobald sie ihn nur gewahrten. Übrigens benahm Fred sich nur selten flegelhaft. Einmal griff er der Musiklehrerin unter den Rock. Das geschah vor dem Klavier. Die Mutter von fünf bärenstarken Kindern hätte jeden anderen Jungen krankenhausreif geprügelt. Fred erntete nur eine angedeutete Verwarnung. Womit er die Wette gewann, die um einen Kasten Bier ging, mit den übrigen Jungs der Klasse. Ich lang' der Lehmann in die Bluse! hatte Fred in der Pause vorher unternehmungslustig ausgerufen. Warum er es sich dann selbst noch erschwert und statt in die Bluse untern Rock gegriffen hatte, blieb sein Geheimnis. Offenbar vertraute er einfach seinem Stern. Die Frauen konnten ihm nichts verübeln. Für meinen armen, schwergeprüften Vater war es ein sich ständig wiederholender Streß, mußte er mitansehen, wie diese verdammten blöden Weiber, erschien Fred Monserrat auf der Bildfläche, dahinschmolzen.

Einmal, als wir schwer gezecht hatten, Papa und seine sieben Söhne, also meine sechs unverschämten Brüder und ich, haute unser aller Vater wütend auf den Tisch, daß die leeren Bierflaschen nur so umfielen und die vollen taumelten, und dann brüllte Papa: Und wißt ihr, weshalb ich eure Mutter damals heiratete?

Nein! antworteten meine sechs Brüder, während ich aus Spargründen mein Ja unterließ.

Weil sie es auch mit dem Monserrat getrieben hat! Und unser bärenstarker Vater versetzte dem Tisch einen zweiten Schlag, der ihn in alle vier Knie brechen ließ, weshalb von dieser Stunde an unser Tisch daheim sonderbar weit unten stand, man mußte sich, saß man an ihm, weit hinunter begeben.

Ich begriff an diesem Abend mit einem Schlag, Papa hatte Mama damals aus purer Eifersucht geheiratet. Wir verdankten unsere Existenz im höheren Sinne keinem anderen als dem Verursacher dieser väterlichen Triebwut. Die Erkenntnis machte mir Fred Monserrat noch liebenswerter. Allerdings behielt ich mein Gefühl der Sympathie und Verehrung für mich. Papa hätte mich totgeprügelt für den Verrat an der Familienehre.

Mama übrigens starb im Kindbett bei der Geburt ihres achten Sohnes. Erst im hohen Erwachsenenalter wurde mir klar, Papa hatte ihr mit seiner zornigen Inbrunst immer

Söhne aufgehängt, denn er dachte in den Minuten, während er sie eierte, nur an Fred, seinen Feind, während Mama gewiß ebenso an Fred dachte, aber nicht als ihren Feind. Jedenfalls befand Papa sich mit Fred in einem lebenslangen Zweikampf.

Die Weiber brauchten den Monserrat, diese Ratte, nur zu sehen, und schon kam es ihnen! schrie Papa an jenem Abend, als er unsern Tisch in der guten Stube bereits erfolgreich verkürzt hatte. Mir dämmerte, Papa trank so viel Bier, weil Monserrat Bier trank. Fred Monserrat hatte den gewonnenen Kasten noch am gleichen Schulvormittag geleert.

Alle andern in der Klasse mußten stillsitzen, nur Fred zappelte herum, setzte eine Flasche nach der andern an. Sogar die Schuldirektorin wußte von Freds Besäufnissen. Aber, so unser Vater in seiner unaufhaltsamen Wut, auch »dieses Miststück von Weib« habe Fred nur zu sich kommen lassen, um ihn zur Brust zu nehmen.

Sie waren alle stinkgeil auf ihn! donnerte Papa.

Er tat mir in diesem Moment in tiefster Seele leid, obwohl ich ihn eigentlich nicht besonders mochte, während ich seinen Todfeind Fred Monserrat leidenschaftlich liebte. Ich stand mit beiden Beinen fest auf Seiten meiner toten Mama, ohne es offen zu zeigen. Meine sechs Brüder verhielten sich dagegen ziemlich neutral. Auch diesen Abend begriffen sie nichts. Nur mir wurde klar, wie sehr unser Vater an Fred litt.

Papa war ein richtiger Durchschnittsmann, also ziemlich dumpf und eingebildet, dabei bärenstark und gutmütig, solange man ihn nicht beleidigte. Es hätte, in besseren Zeiten, aus ihm ein richtiger Mensch werden können. Aber wir lebten nicht in besseren Zeiten, und so mißriet er zu einem durchschnittlichen Mann. Das heißt, er konnte bei den Weibern durchaus landen, nur mußte er sich vorher Mühe geben und anstrengen. Dem Fred Monserrat dagegen fielen die Früchte einfach reif in den Schoß. Ich kapierte ziemlich genau, wie es meinen guten Papa getroffen und schwer verletzt haben mußte, als er das sah und begriff.

Fred Monserrat war in seinen Augen der Dümmling, der immer nur erntete. Das Glückskind, dem alles zufiel. Papa sah in Fred nur einen schwächlichen Jämmerling, sogar das Licht der ästhetischen Besonderheit fehlte diesem Fred. Papa gefiel sich selbst viel mehr, oft reckte und streckte er seinen muskulösen Wanst, als wollte er damit sagen: Seht her, was bin ich für ein Mann gegenüber dieser schiefgewachsenen Kleinfigur Monserrat!

Papa hat nie begreifen können, was es war, das die Frauen immer und die Männer mit wenigen Ausnahmen zu Monserrat zog.

Papa höhnte: Der Monserrat fickt sich doch nur durch die Welt!

Ich sah es meinem Vater an, wie gern er selbst sich ebenso durch die Welt gefickt hätte. Und er tat das ja auch, nur eben mit wesentlich größeren Anstrengungen und Verlusten.

Worum Papa kämpfen mußte, das bekam Fred umsonst.

Manchmal ging ich hinter Fred her durch die Stadt. Er machte wirklich nichts von sich her. Ein beinahe unscheinbarer Mann und nicht etwa auffallend gekleidet. Außerdem schlich er mehr, als er ging. Die Hände tief in den Hosentaschen – so latschte er vor sich hin.

Dann wurde er angesprochen. Mein Gott – diese Weiber! Ich begriff den tiefen Groll meines Vaters immer besser. Es war nicht einzusehen, woran es lag, daß die Weiber den Monserrat ansprachen.

Es kam nur zum Wechsel einiger weniger Worte. Die Frauen strichen mit ihren Händen dem Monserrat über Schulter und Brust. Ihre Gesichter leuchteten glücklich auf, ihre Gesten wurden eindeutig, dann hingen sie sich in seinen Arm und zogen ihn mit sich fort.

Nie nahm er eine Frau mit zu sich nach Hause, denn dort warteten immer so zwischen sechs und acht auf ihn. Also ließ er sich von den Frauen, die ihn auf der Straße abfingen, in deren Heiabettchen mitnehmen.

Wenn er so fortgeführt wurde, straffte sich seine Gestalt, und sein Gang wurde elastisch und frei.

Während des großen Krieges kam es dahin, daß fast alle Männer unserer Stadt eingezogen wurden und verschwanden, und viele auf Nimmerwiedersehn. Von ein paar untauglichen Krüppeln abgesehen gab es nur drei Männer noch in unserem Ort: Papa, weil er zu alt war, ich, weil ich als jüngster Sohn von uns sieben Söhnen noch zu jung war, und eben Fred Monserrat, weil er jeden Freitagabend die Frau des Kreisleiters bumste.

Er bumste auch die meisten anderen Frauen, doch keine konnte ihn kriegsdienstuntauglich schreiben lassen, also erfüllte er Woche für Woche an einem jeden Freitagabend, an dem der Kreisleiter in die Landeshauptstadt zum Befehlsempfang beim Gauleiter fahren mußte, seine vaterländische, vaterstädtische Liebespflicht bei der kleinen tapferen Kreisleitersfrau, die ihn immer schon zitternd vor Sehnsucht erwartete.

Papa und ich beobachteten die Szene ein paarmal und lachten uns halbtot. Fred mußte dazu die Ausgehuniform des Kreisleiters anziehen, die geile Frau bestand darauf, sie war uniformpervers, und wenn Fred Monserrat mit gewichsten Stiefeln, frischgebügeltem Braunhemd und Dummimütze vor sie hintrat, ging ihr gleich einer ab, obwohl Fred die Hose noch gar nicht offen hatte.

Das ist die Strafe! brummte mein Vater glücklich.

Ansonsten war nicht viel los mit der Paarung im Haus des Kreisleiters. Papa und ich kümmerten uns dann nicht mehr um den Fall.

Das war die Ausnahme. Bei den anderen Frauen, wo Fred Monserrat aushelfend die Runde machte, kümmerten wir uns schon. Das war anfangs nicht so ganz leicht, mit der Zeit aber wurde Fred nachlässig. Es war selbst für ihn zu viel, den Ausfall der gesamten Männermannschaft durch die eigene Person zu ersetzen.

Kurzum, im zweiten Kriegsjahr nahm Fred sich zu wenig Zeit. Es ging alles husch-husch, wo hat die Katz die Maus versteckt. Kaum war Fred weitergeeilt, traten Papa und ich an.

Die einmal in Gang gekommenen und gerade so angeheizten Kriegsbräute und -frauen und -witwen empfingen uns mit offenen Armen und so was.

Im dritten Kriegsjahr wurde Fred Monserrat noch nachlässiger, doch auch mein Vater ließ stark nach. Ich gab mir dafür besonders viel Mühe, behielt aber die Übersicht und den Kopf oben.

Mir war bekannt, ich erreichte nie den Standard Freds. Wenn Monserrat in diesen Kriegsjahren seine Form verlor, lag es schlankweg an der wahnsinnigen Überbeanspruchung, die er nicht vermeiden konnte, weil ihn jede einsame Frau zu sich holte. Ich dagegen war weniger bekannt und weniger begehrt, überdies kürzte ich ab und ließ ganze Stadtteile links liegen, während Fred sich auch in den abgelegensten Ortsteilen noch durchzuficken hatte.

Der Krieg ging zu Ende, die Amerikaner kamen. Unser Vater lachte schadenfroh, als er sah, wie unsere Flittchen mit den Amis scharenweise ins Bett stiegen.

Jetzt wird für Fred kein Loch mehr frei sein! bemerkte Papa mit ungezügelter Eifersucht, obwohl ihn inzwischen das Alter ganz schön zwickte und zwackte, so daß er sich nur noch in Sonderfällen zu einem harten Gang erhob.

Jetzt hat die US-Army die Hand auf den Weiberärschen! sagte Papa, und jetzt kann der Fred in den Wald gehen und spritzen! So langsam begann ich die ungebrochene eifersüchtige Wut meines Alten zu bewundern. Er hatte schon Stil, der Knabe.

Dann taumelte er ins Haus und fiel der Länge nach auf die Dielen. Schluchzend vor Enttäuschung. Aufheulend wie ein junger, getretener Hund.

Ich schleppte ihn ab ins Bett, tauschte ihm gegen den letzten Teppich eine Dose Ami-Bier ein und redete ihm gut zu, sich nicht das Leben zu nehmen. Endlich erfuhr ich, er hatte Fred Monserrat gesehen. Nein, nicht nur gesehen, sondern erlebt. Auf dem Marktplatz: als Ami-Liebchen!

So eine Hure, dieser Kerl! Papa schlug sich mit der Faust auf die eigene Brust, daß ich fürchtete, sein Herz bleibe stehen.

Es war nicht zu übersehen. Fred Monserrat hatte sich in Erkenntnis der Lage voll auf Männer umgestellt und machte den Frauen Konkurrenz.

Sie nahmen's ihm nicht einmal übel. Na schön, erstens war Fred eben ein Frauentyp, zweitens hatten die Weiber schon immer was übrig für Schwulis.

Papa lag drei Tage krank zu Bett, dann rappelte er sich wieder auf. Eine Zeitlang schien es, als erlange er seine frühere Kraft und Gesundheit zurück. Mehrere Nächte lang trieb er sich in der Stadt herum. Wenn er endlich heimkam, bewegte er sich sonderbar wiegend, beim Gehen schwenkte er den Arsch und betonte die Hüften, fast schien mir, Papa wollte den Monserrat ausstechen bei der Besatzungsmacht.

Das schaffte er aber nicht ganz, obwohl es ganz glasklar jede Menge warmer Brüder bei den Amis gab. Traubenweise hingen sie an Fred.

Ich dachte, die Jungs dort drüben überm großen Teich müssen an irgendeinem tiefen Kulturschaden leiden.

Fred Monserrat dachte offenbar ebenso. Irgendein hoher warmer US-Offizier besorgte ihm Einreisepapiere für die Staaten. Fred verschwand zu einer Zeit, in der noch kein besiegter Deutscher auch nur im Traum daran denken konnte, nach Amerika zu fahren.

In den folgenden Jahren hörten wir nur gerüchteweise von Fred Monserrat. Er habe sich drüben im Show Business durchgesetzt, wurde erzählt. Ja, die Weiber und die warmen Brüder, die helfen einander auf die Beine! kommentierte mein greiser Vater.

Dann sahen wir ein Bild Fred Monserrats in der Zeitung. Es war nicht zu fassen, der alte Knabe sah aus wie ein Jüngling, das war zwar Fred Monserrat, und das war er zugleich nicht, vielmehr ein kaugummikauender, kurzhaariger US-Boy mit den weichen, aufgelösten Zügen einer kindlichen kalifornischen Nutte.

Dann entzifferte ich beim Bahnhofskiosk im Vorübergehen eine Playboy-Schlagzeile: Deutsch-amerikanischer Show-Star läßt sein Geschlecht umwandeln! Dazu ein Foto. Ich denk', mich trifft der Schlag.

Ich kaufe die Zeitschrift und finde einen langen Bericht über Fred Monserrat darin, mit vielen bunten Bilderchen, Fred als Deutscher, Fred als Ami, Fred als Mann, Fred als Frau, Fred auf der Bühne, Fred in seiner Hollywood-Villa.

Nun, ich hatte Fred immer gemocht. Mehr als meinen Vater, der im lebenslangen Eifersuchtshaß auf Fred zu einem Häufchen Asche verglühte.

Papa hockte in seinem Bett und nuckelte an der Bierflasche, als ich in sein Zimmer trat und ihm den Playboy auf die Bettdecke schob.

Väterchen stierte fassungslos auf die glanzgelackten Fotos der Zeitschrift. Was ist? brummelte er. Was meinst du? Was?

Ich blätterte den geschlechtsumgewandelten Fred auf, das Bild in Großformat.

Vielleicht kriegt er jetzt einen Schlaganfall, dein Vater, dachte ich kalt, aber wenn ein Mann die einfachsten Tatsachen nicht mehr zu begreifen vermag, dann ist es wirklich besser, der Tod rafft ihn dahin.

Papa starrte auf die hohen blanken Titten und leuchtenden Schenkel seines ehemaligen Klassenkameraden, und ich sah ihm an, er begriff die Welt nicht mehr.

Papa, sagte ich in dem mir zur Verfügung stehenden beschwörenden Tonfall, Papa, bitte begreife doch, eine Geschlechtsumwandlung ist heutzutage kein großes Problem mehr, so was kommt alle Tage vor und sogar in den besten Familien; außerdem machen es die Mediziner mit Hormonspritzen und so Zeug eben möglich, verstehst du, Papa?

Aber gewiß doch! antwortete mein Vater, der offenbar doch noch die Welt begriff, und er setzte hinzu: Diesem verdammten Fred Monserrat ist schon immer alles in den Schoß gefallen! Hatte einfach immer Glück, der verdammte Scheißer, der!

Ich erkannte, die eifersüchtige Wut auf den alten Widersacher belebte meinen Vater.

Ich ging in die Küche und nahm mir eine Flasche Bier aus dem Kühlschrank. Ist schon seltsam, dachte ich, jetzt tut der Fred deinem Vater in seinem hohen Alter sogar noch was Gutes an. Ich nahm einen langen Schluck aus der Flasche und ging zurück ins Zimmer meines Vaters.

Als ich die Tür öffnete, traf es mich wie ein Keulenschlag. Der alte Herr lag aufgedeckt auf der Matratze, den aufgeschlagenen Playboy vor sich. Er starrte auf die rosige Fleischesdame Fred Monserrat und gab sich mit rhythmisch-mechanischen Bewegungen dem jugendlichen Laster der Onanie hin.

Aber Papa, sagte ich streng, so was tut man nun wirklich nicht!

Am nächsten Tag erhob mein alter kranker Vater sich vom Lager und gesundete von Tag zu Tag mehr. Offenbar, so dachte ich, möbelt Fred Monserrats amerikanische Karriere als Superweib den Alten auf. Es hatte schon immer ein spannungsgeladenes Konkurrenzverhältnis zwischen den beiden bestanden.

Hey, lachte Papa, als ich ihn vorsichtig darauf ansprach, das ist doch so, der Fred ist im Kampf um die Weiber endgültig ausgeschieden, kapierst du das?

Ich griff mir an den Kopf. Es war nicht zu fassen. Papa hatte klarsichtig erkannt, Fred Monserrat war, als Frau, ausgeknockt, wenn es darum ging, bei den Frauen zu landen.

Dieser Gedanke allein beseelte Papa. Von Tag zu Tag lebte er mehr auf. Wurde kräftiger, frecher und jünger, ein rechter schlimmer Prahl- und Geilhans.

Bis ich ihn tot auf seinem Bett fand.

Mit einem gerade erschienenen neuen Playboy in den kalten, erstarrten Händen.

Ein Bericht mit vielen großen Glanzfotos teilte mit, Frau Fred Monserrat sei in einen großen Skandalfall verwickelt, es handle sich um ein lesbisches Verhältnis...

Diese neuerliche Bedrohung überstand mein armer alter Vater nicht.

Arm in Arm zum Wagen, um nach Hause zu fahren

Allmählich ging die Ausstellungseröffnung in die übliche Party über. Die anwesenden Intellektuellen hatten ihre Pflicht getan, die Presse war abgefüttert, der Künstler gefeiert und fotografiert worden. Ein paar anwesende Unternehmer überlegten, ob die Investition sich lohnen, die Einkommensteuer sich verkürzen, die erworbenen Bilder sich also rentieren würden. Das übrige Völkchen, das jede Ausstellung miteröffnete, um kostenlos essen und trinken zu können, beschwatzte das Erlebnis, und die vielen ebenso klugen wie dummen und überflüssigen Bemerkungen vereinten sich zu einem nicht weniger unnützen Lärm, in dem man das eigene Wort nicht verstand.

Erwin ärgerte sich, erstens überhaupt, zweitens, weil er gekommen war, drittens aus zusätzlichen Gründen. Er entnahm einem Tablett zwei Gläser mit irgendwelchen Flüssigkeiten, die er austrank, ex und hopp, beinahe hätte er die Gläser gegen die Wand gefeuert, doch so weit war die Fete noch nicht gediehen.

Erwin schob sich durch die schwitzende Menge, erreichte eine halb geöffnete Tür, schlüpfte hindurch und gelangte auf eine schmale, langgestreckte Terrasse.

Sie befanden sich hoch über den Dächern des Stadtviertels. Die Lichter der Nachbarn leuchteten weit unter ihnen. Erwin trat an die Brüstung und rief mit einer unbändigen, besinnungslosen Wut in die Nacht hinaus: Ach, fickt euch doch selber!

Als er es geschrien hatte, brachte das Echo seine Worte

zurück, und auf diese bequeme Weise verstand er sich, dabei kostete das Telefonat keinen Pfennig, denn noch war das Echo gebührenfrei, jedenfalls hatte es der Postminister noch nicht entdeckt und in die staatliche Gebührenunordnung aufgenommen.

Erwin war gerade dabei, seinen entlastenden Worten noch ein tiefes, grundehrliches Aufatmen und zweieinhalb Seufzer hinterdreinzuschicken, als sich neben ihm ein Schatten regte.

Erwin erschrak, denn er hatte erwartet, allein zu sein. Das erwies sich als grundlegender Irrtum. Aus dem Dunkel trat eine unwahrscheinlich mondäne Dame, wie es sie früher auf Künstlerfesten manchmal gegeben hatte und inzwischen nicht mehr gab.

Die Dame war die ungeheure abenteuerliche Ausnahme, ein Moreau-Verschnitt oder sogar sie selbst. Eine Figur, daß Erwin das Blut in den Adern erstarrte vor Bewunderung. Das Kostüm verbarg weniger, als daß es offerierte. Das Haar hatte ein Jahrtausendkünstler zurechtgemacht. Endlich das Gesicht, diese Kreuzung von Madonna und Hure.

Warum haben Sie das soeben gerufen? erkundigte die Dame sich mit einer umwerfenden Stimme.

Wenn nächtliche Geilheit Wort wird, dann ist sie es soeben geworden, dachte Erwin und kehrte unter die Lebenden zurück. Weil mir danach war! antwortete er der Wahrheit gemäß.

Die Dame Moreau stand dicht neben Erwin, ohne ihn zu berühren, doch nahe genug, daß die Funken übersprangen. Das Knistern wurde hörbar, die Funken leuchteten, Erwin erschauerte zwischen Eis und Feuer, Kälte und Verbrennung.

Worte, sagte die Dame neben Erwin, sind ein Wunder. Sie sind das einzige Wunder, dessen wir innewerden können. Worte sind einfach wunderbar, denn sie erheben uns!

Ja, sagte Erwin, und er dachte: Also eigentlich ist es bei mir ein wenig anders. Ich wurde von meinem Ausspruch soeben keineswegs erhoben. Es war mehr eine Erleichterung. Eine seelische, gewiß, aber doch eine Erleichterung.

Plötzlich hörte er die Dame Moreau an seiner Seite etwas sagen, und das zog ihm die Schuhe aus.

Er erstarrte erneut. Endlich gewann er so viel Beweglichkeit zurück, daß er sich der Dame an seiner Seite leicht zuwenden konnte. Waren Sie das eben? fragte er, beinahe entrüstet.

Ich weiß nicht, was Sie meinen, antwortete die tolle Dame.

Jemand hat soeben gesagt – Erwin stockte. Er brachte die Worte, die er soeben gehört hatte, nicht über die Lippen.

Sind Sie etwa schüchtern? fragte die Moreau.

Nei – nein, stotterte Erwin.

Sie stottern ja auch noch, mein Lieber! Dabei waren Sie vorhin überhaupt nicht schüchtern, und gestottert haben Sie auch nicht!

Was die Moreau da sagte, stimmte, mußte Erwin innerlich zugeben. Er hatte ganz unschüchtern eine kleine Frechheit ins nächtliche Dunkel gerufen, zu seiner seelischen Entlastung. Ich hatte angenommen, allein auf der Terrasse zu sein! sagte er.

Ach, fick mich! antwortete die Dame an seiner Seite.

Na schön! Erwin wandte sich ihr voll zu. Wenn Sie es unbedingt so haben wollen, bitte! Er ging zum direkten Angriff über.

Zwei Schüsse bellten hell. Nein. Keine Schüsse. Ohrfeigen.

Was unterstehen Sie sich! argumentierte die Dame kalt.

Aber – Sie forderten mich doch dazu auf?!

Ich hatte angenommen, einen Mann vor mir zu haben, der um die komplizierten Dinge der weiblichen Psyche weiß!

Die Moreau sprach absolut unaufgeregt, trotz der aufregenden Umstände. Erwin vermutete einen berühmten französischen Regisseur am Werk, und er blickte sich nach allen Seiten um, doch überall lauerte nur die Nacht. Chabrol? rief er versuchend ins Dunkel.

Hier! antwortete die Dame.
Sie machen vielleicht Witze! sagte Erwin.
Haben Sie Sinn für Akustik? fragte die Moreau.
Hab' ich doch vorhin bewiesen! antwortete Erwin.
Gut, dann lassen Sie uns von hier oben ein Oratorium veranstalten. Bitte, seien Sie kein Spielverderber!
Und was soll's sein?
Wir rufen einfach Worte in die Nacht, kapiert?
Wie ich vorhin?
Wie Sie vorhin!
Etwa unanständige Worte?
Wenn's Ihnen Spaß macht!
Und ob es mir Spaß macht!
Also gut – fangen Sie an!
Gut, fange ich an! – Er wollte etwas rufen, doch fiel ihm nichts ein.
Na, was ist? drängte die Dame.
Hm – ich –
Fällt Ihnen nichts ein?
Ich gestehe, ich habe gewisse Schwierigkeiten –
Aber vorhin haben Sie doch sehr schön und deutlich gerufen, es ließ sich jedes Ihrer Worte exakt vernehmen –
Ja vorhin – Erwin nahm erneut einen Anlauf, aber er brachte nur einen unartikulierten Knurrlaut heraus.
Sie haben vorhin gelogen! stellte die Dame sachlich fest.
Nein, ich habe nicht gelogen, mir war vorhin tatsächlich so zumute.
Wie war Ihnen vorhin zumute?
So, wie ich es ausdrückte –
Und jetzt ist Ihnen nicht mehr so zumute?
Nein.
Jetzt ist Ihnen anders zumute?
Ja.
Dann rufen Sie jetzt, wie Ihnen zumute ist, bitte – rufen Sie schon endlich!
Erwin rief: Ich möchte – ich möchte – Er verstummte und brachte einfach das nächste Wort nicht über die Lippen.

Nun sagen Sie doch endlich, was Sie möchten! ermunterte die Moreau Erwin.

Ich möchte – ich möchte wirklich – ich möchte –

Ficken möchten Sie! erklärte die Moreau ungerührt.

Ja, sagte Erwin, mit Ihnen!

Dann sagen Sie es doch endlich clare et distincte, wie die Lateiner es nennen.

Erwin versuchte es erneut und brachte es wieder nicht über die Lippen. Tun könnt' ich's schon, flüsterte er, aber sagen kann ich's wirklich nicht, und laut rufen schon gar nicht.

Dachte ich's mir doch, stellte die Dame frostig fest.

Was dachten Sie sich?

Daß Sie oratorisch nichts drauf haben. Sie wandte sich leicht von ihm ab.

Die sich vergrößernde Entfernung bereitete Erwin Schmerzen. Er krümmte sich vor Enttäuschung.

Sie haben weder Mumm noch Charakter, sagte die Moreau, und Freud kennen Sie auch nicht!

Doch, sagte Erwin, aber –

Ach, halt endlich die Klappe! fuhr die Moreau ihn an.

Sie blickten schweigend und auf eine in ihrer Auswirkung symbolische Distanz bedacht in die Dunkelheit.

Dann ging die Moreau ein paar Schritte, und als Erwin zu ihr hinblickte, sah er sie ganz deutlich, denn sie verhielt im Schein der Lichter, die durch ein Fenster die Terrasse erhellten.

Machen wir ein Doktorspiel! hörte Erwin die Dame sagen. Sie haben gewiß als Kind so was mal gespielt, oder?

Ja, sagte Erwin, nur liegt es weit zurück.

Tut nichts, Hauptsache ist, Sie erinnern sich. Außerdem spielen wir es nur optisch und akustisch, verstehen Sie?

Nein.

Passen Sie auf! sagte die Moreau. Bitte – was sehen Sie jetzt?

Oh, rief Erwin, ich sehe Ihren – Ihre –

Nun sagen Sie doch endlich das Wort, das Ihnen einfällt!

Ich sehe Ihren Busen! sagte Erwin brav.

Und nun ein anderes Wort – fällt Ihnen nicht noch ein anderes Wort dazu ein?

Brust! Ich sehe Ihre linke Brust, meine Dame!

Und noch ein anderes Wort! Es muß Ihnen doch noch ein weiteres Wort einfallen!

Titte! rief Erwin und klopfte sich auf die Schenkel. Das Wort machte ihm ungeheuren Spaß, wenn er es über die Lippen schlüpfen ließ. Es war eine starke Freude, wenn er es rief, und er rief mehrfach hintereinander: Titte – Titte – Titte!

Jetzt haben Sie das Spiel endlich verstanden, stellte die Moreau sachlich, doch mit einem deutlichen Ton von Befriedigung fest. Wir spielen das Spiel optisch und akustisch, und das heißt, ich gebe Ihnen die optischen Signale, und Sie antworten darauf in akustischer Weise durch Benennung. Wir sprechen dabei von Verbalisation, verstehen Sie jetzt?

Titten? rief Erwin. Ja, beide Titten will ich sehen!

Die Moreau hob auch die zweite aus dem Kostüm, und in diesem Augenblick trat oben am Himmel der runde Vollmond aus den Wolken und tauchte die beiden Titten in sein Zauberlicht.

Da wurde Erwin zumute wie damals, als er erstmals angelegt wurde bei Mama, und wie damals bewegte er saugend die Lippen und stieß immerfort hervor: Titte – Titte – Titte!

Eine scharfe Stimme unterbrach seinen Sinnentaumel und wies ihn zurecht: Falsch! Bitte benennen Sie das, was Sie sehen, nicht das, was Sie vermeinen zu erblicken!

Erwin blickte genau hin. Nabel! rief er, dann rief er: Bauch – Nabel und Bauch – o Gott, dachte er bei sich, sie alphabetisiert mich, beileibe, sie geht mit mir das ganze scharfe Alphabet durch ...

Die Dame und der wie von Sinnen wirkende Erwin, dieser deutliche Gegenentwurf zur Sachlichkeit der Moreau, verließen die Terrasse und zwängten sich durch die Meute der immer noch anwesenden Gäste. Das allgemeine Geschwätz hatte ständig neue Dimensionen hinzugewonnen und bewegte sich endlich wieder auf der Anfangsstufe.

Die Moreau führte Erwin zu einem abseits stehenden Herrn und machte die beiden miteinander bekannt.

Gut, daß du endlich kommst! sagte der Herr.

Das ist mein Mann! sagte die Moreau zu Erwin.

Herr Moreau blickte Erwin kurz und genau an und sagte: Ach, sind Sie soeben zum optisch-akustischen Doktorspiel verführt worden?

Ich – sagte Erwin, dann setzte er nochmals an und sagte: Wir – doch weiter gelangte er nicht.

Herr Moreau klopfte Erwin begütigend auf die Schulter: Schon gut, mein Junge! Ich weiß, meine Frau wirkt manchmal ein wenig sinnverwirrend!

Seine Frau vernahm die Worte und zeigte nicht im geringsten, daß sie sie verstand. Sie stand so zwischen ihnen, als ginge sie nichts an und als sei sie weltenweit entfernt.

Sie war schmal und schön, grazil und streng und auf eine ungeheuer aufregende Weise sinnlich. Sie war fremd und um so sinnlicher und aufregender.

Sie waren mir ein großes, schönes Abenteuer! sagte Erwin, als die beiden abgingen, nur mit so einem verstohlenen Abschiednehmen aus den Augenwinkeln und einem dezent angedeuteten Lächeln.

Als Erwin, alleingelassen unter der Partymeute, begriff, daß er allein war, schlich er zurück auf die Terrasse und starrte in die Nacht über der Stadt.

Der volle Mond am Himmel über ihm hatte sich wieder hinter die graue Wolkendecke zurückgezogen.

Jetzt merkte Erwin, wie sehr ihn die Moreau beschäftigt und von ihm Besitz ergriffen hatte. Es gab keinen Zweifel, das Doktorspiel wirkte nach, Erwin erbebte, er liebte die

Moreau, die er zu Gesicht bekommen hatte in ihrer Gänze, die er verbalisiert hatte mit Worten.

Ich bin ihr nahegekommen mit Sprache, flüsterte Erwin in die Nacht hinein, ich habe nie eine Frau tiefer besessen als sie. Er liebte, und er verspürte es mit aller Deutlichkeit. Er befreite sich von allen Zwängen der Zivilisation und verströmte sich in die dunkle Tiefe. Ein Mann in seinem großen Glück.

Zwischenfrage: Also handelt es sich nun um die Moreau oder nicht? Und wenn, ist es dann die frühere jüngere oder die spätere ältere? Schließlich sind das fast zwei verschiedene Personen, und eine jede verfügt über ihre ganz eigenen Reize. Also welche Person soll's denn sein?

Und wenn es die Moreau gar nicht ist? Sondern nur eine vorgestellte und stark empfundene Ähnlichkeit?

Aber wer weiß denn, ob eine prominente Person sie selbst ist? Die Personen schrumpfen, die Schminkmeister und Kostümbildner und Schneiderkünstler bekommen zu tun. 99 Prozent Maske und 1 Prozent Ich.

Da sitzen wir alle im Kino und daheim vor dem Bildschirm und sehen vor uns die Masken agieren, die einen Namen haben, einen Ruf und Ruhm. Wer sind die Toten, wer die Lebenden, wer die lebenden Toten und toten Lebenden?

Erwin hat es besser, denn er brachte soeben ein großes Abenteuer hinter sich. Noch nie verlief die Eröffnung einer Ausstellung so sinn- und sinnenreich.

Erwin begriff, er hatte mindestens seinen optischen und seinen akustischen Sinn vernachlässigt. Er hatte soeben Nachhilfe erhalten.

Dankbar stand er nun mutterseelenallein, doch immerhin nicht unbeträchtlich getröstet, auf der Terrasse und opferte dem Gott Onan.

Es wurde sein stärkstes Gefühl, mit dem er den Tag abschloß. Er verströmte sich auf die belebte Natur nach unten und schenkte der Erde einen warmen Regen.

Aus dem breiten Portal des Hauses trat ein Paar auf den Bürgersteig davor.

Die beiden blieben stehen, die Frau blickte sich suchend um und fragte ihren Mann: Wo steht der Wagen?

Der Mann wies die Richtung. Ich konnte ihn nur dort drüben parken! erläuterte er.

Unwillkürlich hob auch seine Frau den Arm leicht an, ihre zartgliedrige Hand stieg auf und senkte sich.

Oh, sagte die Frau, wobei ihre Stimme einen fast zärtlich schluchzenden Unterton bekam, ich fürchte, es beginnt zu regnen. Bitte sei so lieb und hol mir einen Schirm aus dem Wagen!

Ja, sagte ihr Mann, ich bin sofort zurück!

Er entfernte sich, und die Frau blieb stehen und hob die Hand, auf die es geregnet hatte, nahe vor ihre Augen.

Die Tropfen auf ihrer weißen, zarten Haut glänzten, matt schimmerten sie auf wie von einem Mondstrahl getroffen.

Die Frau hielt die Hand so starr, sie hob den Kopf und blickte zum Himmel. Aber es regnet ja gar nicht, stellte die Frau verwundert fest. Sie blickte erneut auf die Nässe ihrer Hand, und dann öffneten sich ihre frisch eingespeichelten Lippen, und eine verführerisch züngelnde Zunge nahm die Nässe auf.

Der Mann vernahm die eilenden Schritte hinter sich und blieb stehen.

Seine Frau holte ihn ein, schob einen Arm unter seinen und erläuterte: Ich brauche keinen Schirm, es regnet gar nicht.

Arm in Arm gingen sie zum Wagen, um nach Hause zu fahren. Ein liebendes Paar in einer Welt von Fremden.

Vertreibung aus dem Paradies

Eines Abends lernte ich zwei Mädchen kennen und entschied mich, einfach um eine Entscheidung zu treffen, für die etwas größere Blonde. Wir tranken einen Kaffee, dann eine Flasche Wein, und bevor ich wegfahren mußte, verabredeten Dagmar und ich uns für den übernächsten Tag um drei am Hauptbahnhof.

Ich kam mit dem Zug fünf Minuten vor drei an und wartete fast eine halbe Stunde vergeblich. Einmal schien mir, als ginge das andere Mädchen in einiger Entfernung vorbei. Doch täuschte ich mich wohl. Da Dagmar nicht erschien, trottete ich lustlos durch die Bahnhofshalle Richtung Stadt, und gleich hinter dem riesigen Portal traf ich auf das andere Mädchen. Ich erinnerte mich nicht an seinen Namen, ja ich war mir nicht einmal sicher, ob sie es tatsächlich sei. Wir blickten einander gleichgültig an, mir schien, ihre Pupillen erweiterten sich, da waren wir schon aneinander vorbei. Ich wandte mich um, lief ihr hinterher und sprach sie an.

Kein Zweifel, sie hatte mich erkannt. Der Zufall kam mir seltsam vor. Marlene erwies sich als kluges Mädchen und stilles Wasser. Meine Frage, ob sie eine Viertelstunde früher schon vorbeigekommen sei, verneinte sie.

Seltsam, ich war mit Dagmar verabredet. Sie ist nicht erschienen.

Dagmar ist vielbeschäftigt.

Das war zu sehr nebenhin gesprochen, als daß es nicht seinen besonderen Sinn haben mußte.

Wir gingen die Bahnhofstraße hinunter und ins Kino. Es gab einen Western. Um diese graue Nachmittagsstunde gibt es dort meist einen Western. Ich habe Kilometer davon gesehen. Marlene gab zu verstehen, daß sie sich nicht besonders für Western interessiere. Ich berührte im Dunkel ihre massigen Brüste, bis sie erschauerte und meine Hand resolut wegstieß. Einer heiligen Eingebung folgend schickte ich sie unter ihren Rock. Das wurde geduldet. Die Erschütterungen, die das Mädchen wellenmäßig durchliefen und offenbar eine Vielzahl lustiger Beben im ganzen Haushalt verursachten, machten mich scharf. Nach dem Kino mußte Marlene nach Hause. Wir nahmen uns ein Taxi. Sie wohnte in der obersten Etage eines schattigen Hinterhauses, das zwischen Gärten und Bäumen lag und durch das Vorderhaus zum Straßenlärm hin abgeschottet war. Mithineingehen in die Wohnung durfte ich nicht. Wir standen im Treppenhaus an die Wand gelehnt, ich schabte die Farbe von der Mauer, konnte aber nicht richtig landen. Wenn Dagmar jetzt kommt, wird sie staunen! flüsterte Marlene. Die beiden, erfuhr ich, wohnten zusammen. Unter Marlenes Rock wohnten Hummeln, Schlangen und Skorpione, die mich nicht stechen und beißen sollten, weshalb das Terrain ein Schild trug mit der Aufschrift: Betreten verboten! Stattdessen wurde mir die Brust gereicht. So wechseln die Umstände. Ich pellte meine neue Geliebte aus den Obertextilien und entdeckte die ungeheuerlichste Tittenlandschaft des Abendlandes. Brüste in Vollform. Traumtitten. Ich drehte Marlene im zagen Treppenhauslicht ein wenig hin und her, und die Drehung um die Achse bewirkte phallische Formwunder.

Morgen darfst du reinkommen, erläuterte das Mädchen sibyllinisch die Situation, und in dieser Nacht fand ich keinen Schlaf. Ohne zu träumen, träumte ich auf eine harte, realistische Weise die unglaublichsten Geschichten zusammen. Seit Tagen und Wochen und womöglich Monaten war ich vom Schicksal an keinem einzigen Abenteuer mehr beteiligt worden. Aus den Kriegen der hohen Politik hielt ich mich hagestolz heraus, denn in einem der vorletzten größeren Feldzüge war ich pünktlich zu Schaden gekommen. Da alle Welt noch dümmer aus einem Krieg herauskommt, als sie hineingeht, bestand mein gewiß der Überhebung nicht ganz entbehrender Ehrgeiz darin, es genau umgekehrt zu halten. So machte ich mir allerhand Feinde und einigen Ärger mit Staatsorganen. Woraus ich wiederum den Schluß zog, daß es am besten sei, sich freiwillig zu verkleinern. Fortan lief ich als Zwerg herum, übte mich in sanften Witzen und gab auch sonst vieldeutig zu verstehen, daß ich das Pulver nicht erfunden hätte.

Die einzige Widerstandshandlung, die ich mir nach wie vor erlaubte, war pro Tag eine versteckte Erektion. Schon während des Krieges fand ich heraus, es ließ sich verhältnismäßig folgenlos arrangieren. Das dicke Uniformtuch der Hose, der darüberhängende Rock sowie die gesamte martialische Aufmachung bewirkten, daß der Ort der Untat getarnt und unsichtbar wurde. Notfalls präsentierte man einfach das Gewehr, so daß der klobige Holzkolben der Knarre davor gehalten wurde. Noch eine Abtarnung, noch eine Schutzvorrichtung.

Um es kurz zu machen und mich nicht in gar zu detaillierte Erörterungen zu verlieren – ich gehörte, was den Geheimvorgang der phallischen Künste betraf, dem Kollektiv der Verdränger und Bagatellisierer an. In dieser schlaflosen Nacht allerdings wuchs mir mein Michel zum langen Besenstiel aus, auf dem ich feurig durch die Lüfte ritt.

Der Tag darauf verging und verging einfach nicht, bis es endlich nachmittags drei Uhr wurde. Marlene hatte darauf bestanden, um die gleiche Zeit am selben Ort zu sein. Sie kam fünf Minuten zu spät. Schon dachte ich, ich würde von ihr genauso versetzt wie am Vortag von der andern.

Ich sah sie schon von weitem. Sie war an einer winzigen Eigenart des Gangs zu erkennen. Während sie lief, verkrampfte sie ein ganz klein wenig in den Schultern, die schienen um einen Hauch nach vorn gezogen, so daß diese Schutzhaltung entstand, ganz wie bei Menschen, die etwas tragen, wovon sie fürchten, es könnte ihnen entgleiten.

In Marlenes Puppengesicht deutete sich ein ahnbarer Zug von Ängstlichkeit an, der zugleich dementiert wurde. Marlene schien vor allem erst einmal zurückzuschrecken, und so, als wolle sie das Gegenteil beweisen, trieb sie sich voran und ging meist ganz entschlossen einen Schritt zu weit. Kein Zweifel, sie gehörte zu den Menschen, die flüchten möchten, sich die Fluchtgedanken verübeln und nun entschlossen den Angriff wagen.

Wir fuhren im Taxi zu ihrer Wohnung, zogen uns ohne jedes Wort aus und stiegen ins Bett.

Es war kein Bett, sondern ein Lager von übereinandergestapelten Matratzen. Das war zu der Zeit noch gar nicht in Mode, die beiden Mädchen erwiesen sich als Pioniere. Eine gelinde Schwierigkeit ergab sich mit Marlenes stolzen Brüsten. Sie litt an einer seltenen Überempfindlichkeit. Es kam vor, daß sie bei der geringsten Berührung in ein nicht endendes Lachen ausbrach.

Meist aber lief sie einfach heiß. Wenn ich ihr in den Ausschnitt langte, sank sie zu Boden. Es war wie ein Toröffner und hatte für Marlene den Nachteil, daß sie keinem, der davon wußte, widerstand. Egal, ob sie eine äußerst wichtige Aufgabe zu erledigen hatte, einen kurzen Termin einhalten mußte, ein Treffen um alles in der Welt wahrnehmen wollte – die Berührung ihrer Wundertitten ließ sie alle Verpflichtungen vergessen. Sie legte sich aufs Kreuz und steilte die langen Schenkel. Von ihren Brüsten führte eine kurze Leitung direkt ins Zentrum der Ekstase.

Beim ersten Mal merkte ich zwar etwas davon, doch überschaute ich nicht die Tragweite. Allerdings erläuterte Marlene ihre Situation mit vorsichtigen Worten. Demnach ließ sie sich kaum mit Männern ein. Nicht weil sie Angst hatte oder einen Moralischen oder etwa gar aus Gründen der Prüderie. Nein, sie scheute zurück wegen ihrer körperlichen Verfassung. Es war sonnenklar, wer von ihr erst einmal akzeptiert worden war und ihr sonniges Geheimnis kannte, der war ihr Herr und Meister. Und benahm er sich auch noch so krumm und scheußlich, er wurde immer wieder zugelassen, weil er ja Bescheid wußte und Marlenes geheimes Sesam-öffne-dich meisterte. Ein Griff an ihren stolzen Schwellbusen, und sie lag ausgebreitet.

»Soll das heißen, du hast momentan keinen Freund?« fragte ich.

»Ich habe alle Hände voll zu tun, meine alten, abgelegten Freunde auf Distanz zu halten!«

Als wir so weit gekommen waren mit unseren Sondierungen, öffnete sich die Tür, und Dagmar trat ein.

Dagmar war eine jener unverhältnismäßigen Schwellkörpertypen, wie sie die moderne Stadtlandschaft mit ihrem Treibhausklima hervorbringt. Wahrscheinlich hatte ich durchaus meine Gründe, als ich bei unserm ersten Meeting Dagmar wählte und nicht Marlene. (Ich war mir dessen nur nicht bewußt.) Natürlich fand ich bald heraus, Marlene war der bessere Teil in dem verruchten Duo. Doch Dagmar war der schwierigere Teil, ein beinahe teuflischer Part, so schön irre und irre schön.

Irgendwann fuhr es mir durch den Kopf, daß die beiden Freundinnen sich ebenso unterschieden wie ergänzten durch die Bezeichnungen konvex und konkav. Marlene war konvex, also nach außen gewölbt, Dagmar dagegen konkav. Der Eindruck war stark und eindringlich. Ich will nicht behaupten, Marlene sei übergewichtig gewesen. Nein. Sie erschien nur so neben der Freundin, die wiederum neben Marlene untergewichtig zu sein schien, ohne es tatsächlich zu sein.

Es gibt Gegensätze, die erst im Kontrast des tatsächlich gegeneinander Gestellten ihre typische Gestalt finden. Jedenfalls in den geilen Augen des Betrachters. Wenn ich die beiden jungen Frauen ansah, geilte ich unwillkürlich. Das ließ sich einfach nicht verhindern. Ich hätte literweise Schlaffi trinken können ohne Erfolg.

Über Marlene brauche ich also nicht mehr viel zu sagen, denn sie führt sich selbst durch ihr Verhalten vor. Dagmar hingegen ist in dieser Geschichte eine mehr statische Gestalt. Steht meist reichlich blöde und nutzlos herum, statt sich einen reinschieben zu lassen. (Das ändert sich erst gegen Ende der Geschichte, und dann ist auch schon Schluß.)

Jedenfalls ist sonnenklar, ich muß Dagmar stärker kolorieren. Wenn ich sie als konkav charakterisierte, nach innen gewölbt, so leitete sich der vorherrschende Eindruck von ihrer Wespentaille ab, die einem den Atem verschlug.

Wer Dagmars lockende Taille erblickte, ergänzte sich per Phantasie die Figur unwillkürlich um einen traumhaft schönen Arsch, geschwungen wie eine Stradivari, Resonanzboden ungeheuerlich verlockender Klänge und Vaginalseufzer, von den begleitenden Flötentönen und Posaunenstößen zu schweigen. Dagmar trug mit Vorliebe diese gerade wieder aufkommenden Glockenröcke, ihre Röcke glockten auf eine ganz besondere Weise, offenbar bevorzugte sie leichte, schwebende Stoffe, die direkt von den Kirchtürmen abstammten, und ihre unwahrscheinlich gelungen modellierten Beine vollendeten den begeisternden Schwung der Vorführung.

Wer nur in ihre Nähe geriet, warf verzückt den Kopf in den Nacken, daß es im ganzen Skelett dröhnte.

Was tut ein Mann nicht alles, röhrt ihm das Herz mit Vollgas durch die unendlich weiten Prärien seiner Wunschwelt!

Dagmar jedenfalls ging nicht, sondern schritt, und ihr Glockenrock glockte um ihre Schenkel, daß die städtischen Spatzenarmeen von röhrender Brunst befallen wurden.

Dagmars Oberweite warf einen nicht um, war aber vorhanden, doch legte die Schöne der nördlichen Eisfelder keinen gesteigerten Wert auf derlei Signale.

Jede Frau ist auf ihre Weise spezialisiert. Marlene war eine wandelnde Tittenreklame, ein Brunstschrei der Mamafixierten, die lebenslang gesäugt werden möchten. Marlene hätte in TV-Spots für Allgäuer Milchkühe singend auftreten können, ohne die Lippen öffnen zu müssen. Kein Mensch hätte von ihr Töne erwartet und jeder nur die Mutterbrustfiguration genossen. So verschieden sind die Wellen, auf denen gesendet und empfangen wird. Dagmar wirkte durch Hüften, Popo, Beine und den Kontrast ihres kühlen Gesichts. Das muß, der Wahrheit die Ehre zu geben, endlich nachgetragen werden. Ich machte mir Sorgen, was geschähe, wenn es doch einmal geschähe mit Dagmar und mir. Offen gestanden, ihr hochnäsiges Gesicht ängstigte mich ziemlich. Es gibt ja Gesichter, die sind von der Natur für Reklame bestimmt, und seit es Fernsehen gibt, wissen wir auch, die Natur hat es schon vor Jahrtausenden vorgesehen und sich darauf eingestellt. Manche Babys werden schon mit Po- und Gesichtsbacken für die TV-Werbung sowie die angeschlossene Filmindustrie geboren. Sie besitzen bereits im Mutterleib die niedlichen Grübchen, die die TV-Lampen brauchen, an der richtigen Stelle Schatten zu werfen. Gar nicht zu sprechen von den gelängten Pferdegesichtern, wie Dagmar eines besaß. Es kommt gerade im Film- und Fernsehzeitalter sehr auf die Unterschiede der Gesichter an. Wie sonst soll der Zuschauer diese agierenden prominenten Ärsche auseinanderhalten. Dagmar kurzum besaß das schönste TV-Pferdegesicht, obwohl zu der Zeit, als es geschah, das Fernsehen erst in den Kinderschuhen rumturnte und Dagmar mithin unentdeckt blieb. Sie wäre, wenige Jahre später, eine Ia-Prominente geworden, schon wegen der maskenhaften Starrheit, die ihre Gesichtslandschaft auszeichnete, mein Gott, dachte ich, solltest du doch einmal in die begnadete himmlische Situation geraten, ihr zwischen den Schenkeln herumzuwuchern, wirst du sie dir auf den Bauch legen müssen und ihren friseurkunstverzierten Hinterkopf abküssen. Denn wenn sie sich vor dir aufs Kreuz legen sollte, müßtest du ihr in die ewigen Eiswüsten des Gesichts blicken, und wie soll einer erigieren, wenn er doch vor sich nichts als den tristen Nordpol erblickt? Wie kann einer sein eigen Fleisch und das seiner Gefährtin feiern, wenn er optisch erkaltet, bis daß sein Odem Schnee wird?

Zwar setzte ich, darüber nachgrübelnd, ganz und gar auf die Wärmeentwicklung an den direkten Reibungsflächen, doch wer will schon jederzeit einen heiligen Eid drauf schwören, daß sich ein Flächenbrand daraus entwickele? Schon manches schöne wärmende Seelenfeuer erlosch mangels Nahrung. Ja, wenn man sich zu Sommerszeiten in südlichen Ländern befände, wo der Wald wie Zunder die Flamme erwartet, um zu verglühen – dann, ja dann – Im Angesicht des Hochmuts, der Dagmars Gesicht kennzeichnete wie der gehle Geiz ihre Natur (ich war überzeugt, sie trüge Kitt in der Möse, um selbst ein versehentliches Eindringen zu verhindern, denn sicher ist sicher...), im steten Anblick dieser Gesichtsmaske also fürchtete ich mich vor dem Tag, da ich dennoch gefordert werden würde.

Wie sollte ich dann bestehen können? Ich, der ich so wahnsinnig empfindlich reagierte auf die Impulse der Umwelt und meines Milieus? Ich, der ich auf idiosynkratische Nervosität abonniert war, so daß mein Wille nichts und meine Konstitution alles bestimmte? Ein Blick in Dagmars glasklares Desinteresse an Gesichtsmimik, und ich würde seelisch erkältet sein, also platt.

Marlene und ich hatten das Turnier gerade hinter uns, es fiel uns beim besten Willen nichts anderes ein, als dazuliegen und nichts zu tun, und die ganze Garderobe war ringsum im Zimmer verstreut. Marlenes BH hing an der Lampe.

Nun ja, der Übermut der Jugend. Manchmal retten die Trümmer sich noch in spätere Jahre hinein. Wie Dagmar so hereinkam, begriff ich überhaupt nicht, wie ich mich hatte zwei Tage vorher von so einer Bachstelze anmachen lassen. Dieser Kleiderständer, der da vor uns stand, spuckte Gift und Galle: So machst du es also, Marlene! Hinter meinem Rücken!

Und vor deinem Bauch! sagte Marlene und griff nach mir. Ich war abgerüstet, friedvoll, schon fast an der Schwelle zu Morpheus' Reich der gemütlichen Schläfrigkeit.

Der Dialog flocht sich noch einige Male hin und her, mir war erst unsicher zumute, es konnte mir auch recht sein, wenn die beiden Freundinnen ihre Aufmerksamkeit ganz und gar auf- und gegeneinander richteten, ich wußte nicht sicher, ob ich derart schnell einzustimmen wäre.

Schließlich begann mich der Streit der beiden zu stören. Ich griff Marlene an die Brüste, woraufhin sie unwillkürlich a) verstummte und b) in heftigste Erregung geriet. Das behob meine eigene Tendenz zur Schwäche, und was noch fehlte, reichte der Gedanke der Rache nach. Tatsache, jetzt fiel mir ein, daß diese mitten im Zimmer verharrende liebe Freundin meiner Freundin mich am Tag zuvor ja versetzt hatte.

Welche enormen Kräfte doch die Vergeltung in uns erweckt! Es war, als sei ich der Besitzer höchstempfindlicher Nerven, die nun berührt worden waren, ich steilte auf wie die Eigernordwand. Kein Zweifel – der wütende Stier der Revanche hielt mich im Innersten besetzt. Man hatte mich – mich!!! – gedemütigt, hatte mich bestellt und nicht abgeholt, sondern stehen lassen wie einen alten Schirm in der Ecke. Dies, Dagmar, für deine Frechheit!

Und dies, in Marlenes lustvollen Bauch hinein, für die verletzte Eitelkeit! Und nun noch einen Gruß im Namen aller Zurückgesetzten, Beleidigten und Unterdrückten sämtlicher Sexualkontinente!

Als wir wieder zu uns kamen und die Konturen der normalen Ordnung sich erkennen ließen, entdeckte ich zu meinem größten Erstaunen die kalte Dagmar noch immer am gleichen Ort zu Füßen unserer Matratzenkampfstätte.

Sie verhielt da wie festgebannt, als wären ihr die niedlichen Füßchen angenagelt worden vom Herrn aller Voyeure und Voyeurinnen. Das Gesicht der Zuschauerin war vereist. Die Landkarte Alaskas, mit zwei Löchern versehen, für die Augen. In den Augen Dagmars loderte kaltes Feuer.

Ihre Brust, die mit der Marlenes nicht im entferntesten mithalten konnte, zitterte immerhin.

Unterm Rock, wo sich mit einigen guten Gründen ihr Schoß vermuten ließ, flatterte es vielleicht von den verebbenden Rückstößen unserer Leidenschaft.

Aus der leidvollen Blässe des Dagmar-Gesichts sonderten sich mittels bewegter Lippen die Worte ab: Eins muß der Neid euch beiden lassen, ihr habt Feuer!

Daraus wurde eine Freundschaft fürs Leben. Wenigstens für mehrere Wochen. Ich quartierte mich zu mindestens $66^2/_3$ Prozent bei den beiden ein. Es war ein haltbarer Dreier, ich sparte die langen Fahrten mit der Vorortbahn ein und befand als Meister und Herr über die empfindlichsten Nippel des Kontinents, wann sie zu erigieren hätten und wie lange. Eine junge Frau, die du nur an den Warzen zu berühren brauchst, und schon steigt sie aus dem Höschen, hat ihre unschätzbaren Vorteile. Dabei habe ich die weiteren Vorteile noch gar nicht geschildert. Es würde ein längeres Epos in mehreren Teilen daraus. Es ist einfach nicht zu glauben, was in manchen Stadtteilen unserer verachteten Städte noch alles passiert. Kein Aas glaubt daran, ausgenommen, die eigene Erfahrung macht es plausibel. Marlene, nicht so abgehungert und ausgedörrt wie die Mannequinfigur Dagmar, bot ihre formschönen Wucherungen zum Besteigen an. Die lange zurückgestaute Leidenschaft, die unter der grauen Alltagsliebe fast schon verschütt gegangen war, entrang sich den stählernen Fesseln der Gewohnheitsrechte. Manchmal glaubte ich das ganze Hinterhaus unter unseren Verzückungen wanken zu spüren, kein Zweifel, die Wände schwankten hin und her, und aus den Grundmauern und tiefen Kellern dröhnten die entsetzten Piepser der städtischen Ratten und Mäuse herauf. Die kleinen niedlichen Krokodile, die seit Jahrzehnten in der Kanalisation überwinterten, brachen geschlossen auf und suchten ruhigere Gebiete. Eines Tages erschien eine Kommission der Kommune und vermaß die Risse in den Hauswänden. Doch stellten wir uns taub und unschuldig, denn wir wohnten nur zur Miete.

Wie man weiß, kehrt auch die wildeste Leidenschaft auf den schmählichen Boden der Tatsachen zurück, nach einiger Zeit. Wahrscheinlich wären Marlene und ich bald vom unvermeidlichen Schicksal alles Irdischen eingeholt worden und hätten uns in den Streitigkeiten des kleinlichen Umgangs verloren, doch da war noch Dagmar zwischen uns, die nicht nachließ in ihrer Begierde, dabei zu sein und zuzuschauen. Das Weib brachte alle meine alten festgefügten Meinungen über Frauen durcheinander. Ich hatte, wie jeder einigermaßen unvernunftbegabte Mensch des Aufklärungszeitalters, in den entsprechenden Sexbüchern gelesen, daß Frauen weniger als Männer optisch aufreizbar seien. Pornographische Bilder und Filme heizen den Männern ein, den Frauen weniger bis gar nicht. Pustekuchen. Unsere Dagmar ließ sich keinen Liebesakt zwischen ihrer Freundin und mir entgehen. Und manchmal suchte sie uns, bevor sie, irgendwelcher unaufschiebbaren Dringlichkeiten wegen, die Wohnung verlassen mußte, auf eine bestimmte Uhrzeit festzulegen, nur um zu diesem Termin wieder daheim zu sein und uns zusehen zu können.

Offen gestanden, ihre Begehrlichkeit reizte mich einige Zeit, und Marlene heizte sich daran aus anderen Gründen auf. Es gab da, so viel stand fest, eine lang aufgelaufene Rechnung zwischen den beiden, und Dagmar beglich durch neidvoll-freudvolles Zuschauen, während Marlene es genoß. Neben dem Genuß mit mir. Was aber genoß ich?

Oh, alle diese weitgestreckten wunderbaren Schönheiten meiner Geliebten und die Gewißheit dazu, daß Dagmars Blicke uns begleiteten auf den wahnsinnig geschwungenen Achterbahnen unserer brausenden Fahrten. Verschlungen sind die Wege unserer phantastischen Lüste.

Zwischen den beiden Freundinnen herrschte noch ein weiterer Wettstreit, der mit der offensichtlich falschen Berufswahl zu tun hatte.

Dagmar, die kühle Zuschauerin aus Leidenschaft, studierte an der Universität Literatur und interessierte sich nicht die Bohne für das Fach. Wie sie es schaffte, die Prüfungen zu bestehen, blieb mir ein Rätsel, bis die nächste Prüfung anstand.

In der Vorbereitungszeit begann Marlene zu schuften, sie schlief kaum noch, ging selten außer Haus, und wenn wir nicht bumsten, ochste sie über den Lehrbüchern der Freundin. Drei Tage vor dem Beginn der Prüfungen paukte Marlene der Litaraturstudentin ihr Wissen ein. Alles wurde auswendig gelernt. Dagmar konnte gewisse Bücher von vorn bis zur letzten Zeile auswendig herleiern, und sie bestand die Prüfung mit Glanz.

Ihre eigenen Lernarbeiten bereiteten Marlene weniger Freude. Sie studierte an einer Fachschule mit den seltsamsten Fächern, von denen mir die meisten unbegreiflich blieben. Marlene würde, wenn sie fertig wäre, ein Fachingenieur sein, und zwar für Anlagen zur Gewinnung von Alkoholika.

Stell dir vor, ich kann Schnapsbrennereien bauen! erläuterte Marlene mir ihr Fach.

Es fiel mir schwer.

Allerdings besaß Marlene ein ganz besonderes Verhältnis zu Alkohol. Das fiel mir schon bald auf. Normalerweise schien sie wenig Wert auf solche Getränke zu legen.

Manchmal, wenn Dagmar und ich einen zischten, hielt sie mit. Sie schüttete das Zeug mit stoischer Ruhe in riesigen Mengen in sich hinein, ohne Wirkung zu zeigen.

Marlene ist alkoholresistent! stellte Dagmar beschwipst fest, ein Anflug von Neid war nicht überhörbar.

Ist das wahr, Marlene?

Sie schien mir ein ganz klein wenig traurig zu sein, als sie bejahte. Ein feiner Tau von Melancholie legte sich über ihre schmale Nase, die Lippen glänzten gelackt und lockend. Ich befand mich sauwohl und erwartete eine Sensation.

Dagmar entschwand und kehrte aus der Küche mit einer Literflasche Ballantines Finest Scotch Whisky zurück. Sie schraubte die Flasche auf und reichte sie Marlene, die sie an die schönen rosenroten Lippen setzte und, gluck-gluck, auslaufen ließ. Danach saß sie mit samten glänzenden Augen da und lächelte, und wenn ich sie ansprach, reagierte sie vollkommen normal. Nichts an ihrem Verhalten berechtigte zu der Annahme, daß sie einen Liter Whisky intus hatte, nicht zu reden von den Sachen, die wir vordem gemeinsam eingeschüttet hatten, bei diesem Fest, mit dem wir Dagmars bestandene Prüfung feierten.

Es war wohl so, daß ich, angereizt durch Marlenes Kunst, also im unsinnigen Verlangen, es ihr nachzutun, was ich nicht konnte, wie ich wußte, was ich nicht eingestehen mochte, daß ich also etwas über den Durst trank, und irgendwann in dieser schönen verrückten Nacht erkannte ich Marlenes Gesicht ganz nahe vor dem meinen. Ich hörte sie flüstern: Und jetzt schlaf mit Dagmar!

Gewiß, ich war betrunken, obwohl sich der Liter Whisky nicht in meinem, sondern in Marlenes Leib befand. Marlene soff, ich verspürte die Wirkung, Dagmar kleidete sich ungerührt aus und ließ die nackten Schönheiten frei, daß sie durch das Zimmer schwirrten.

Im Zustand vorgerückter Verwirrung vernahm ich absurde Gespräche und irres Lachen. Tauben gurrten, es konnten aber auch Dagmar und Marlene sein, und ob es Schnäbel oder lange gelackte Fingernägel waren, die mich hackten, wer wollte das genau feststellen.

Gut, daß du ihn hergelockt hast. Jetzt werden wir ihn auf die Probe stellen.

Ich erprobte ihn oft genug und weiß, er ist brauchbar. Und du weißt es genauso, denn du warst immer dabei.

Wie kann ich mir sicher sein, daß ihr beide mir nicht was vorspieltet? Manchmal dachte ich, sie haben sich abgesprochen miteinander. Ihr liebtet euch wie Schauspieler auf der Bühne.

In modernen Stücken lieben Schauspieler einander auf der Bühne wirklich.

Nicht wirklich, sondern gespielt.

Was ist der Unterschied zwischen wirklich und gespielt?

Es kommt auf die Echtheit der Gefühle an.

Darüber kannst du dir kein Urteil erlauben.

Meinst du, ich wüßte nicht, was die Echtheit der Gefühle ist?

Du weißt nicht, was Gefühle sind.

Ich weiß, daß du nur ein Gefühl verspürtest, wenn du mit ihm im Bett lagst, du warst einzig und allein darauf scharf, meine Eifersucht zu erregen. Es ist dir nicht gelungen, mein Schatz.

Du bildest dir wieder weiß Gott was ein. Ich schlief mit ihm, um mit ihm zu schlafen und weil es mir gefiel.

Du schliefst mit ihm, um mich heiß zu machen. Und es ist dir nicht gelungen.

Du weißt nicht, was das ist, ein Gefühl. Du weißt nicht, was heiß ist. Du bist kalt wie eine Hundeschnauze.

Du sprichst wie eine gemeine Hure.

Du wärst die beste Hure der ganzen Stadt. Du hast einen Kopf und kein Herz.

Du bist nur Brust und Möse!

Ich habe dich einmal geliebt!

Ich kann dich nicht mehr ertragen –

Ein Aufschrei. Ich erwachte und blickte auf die miteinander im Clinch liegenden Leiber. Es kämpften eine nackte Dagmar und eine bekleidete Marlene. Sie umschlangen einander und rangen. Sie schlugen sich nicht, sie gerieten in Zuckungen, die ihre heftigen Bewegungen besänftigten.

Es war brüllendheiß im Zimmer. Ich spürte den Speichel aus meinem Mund triefen, unter den Achseln kochte der Schweiß, meine Augen hatten sich in Räder verwandelt, die rollten und rollten. Ich rief: Ihr pubertären Weiber!

Sie hörten nicht darauf und waren miteinander beschäftigt. Die Spannung, die zwischen ihnen gelegen hatte, ein atmosphärisches Netz, gewoben aus Millionen winziger Plus- und Minuszeichen, war so hochgestaut, daß sie sich in ellenlangen geilen Seufzern entlud.

Mein durch jahrelange Gewöhnung eingerastertes Gefühl entgleiste und polterte in Bruchstücken durch die erstarrte Landschaft. Ich war angetreten als Hahn im Korb und sauer gewesen wegen der einen sich verweigernden Henne. Ich war blind gewesen, mindestens einäugig, die andere Seite der Geschichte war mir unbekannt geblieben bis in diese verwirrende Nacht hinein. Meine Geilheit hatte sich auf der großen Einbahnstraße bewegt, wo die Marschkolonnen seit Jahrhunderten hinziehen, der Hauptmann vornweg, dann die Fahne und die Musikkapelle mit dem Tambourmajor. Nun zieht die Truppe vorbei, im Gleichschritt marsch. Links – zwei – drei – vier –

Inmitten der beiden Liebeskämpferinnen liegend, entdeckte ich gänzlich neue Seiten, Farben und Figuren. Das Unbekannte schlug mich in Bann. Ich hatte geglaubt, die Wohnung mit zwei unscheinbaren Frauen des mausgrauen Zeitalters zu teilen. Ich war im Geröll stecken geblieben. Der Sumpf war mir bis zu den Ohren gestiegen. Ich vegetierte dahin, eine atmende Mülltonne, Kunststoff meine Haut, Blech meine Knochen, ein Pfeifton die schlingernde Seele.

He, sagte ich, betroffen bis ins Mark, ich bin, scheint mir, in die Hände zweier Hexen gefallen!

Marlene hielt die gespenstisch weiße Dagmar umfangen. Sie zwang sie in eine Empfangsstellung, daß das vom goldenen Flaum bewucherte Dagmar-Rotauge mir entgegenblinkte. Komm, besorg es ihr!

Ich robbte heran und sandte einen sanften Finger zur Erkundung aus.

Dagmars Häute spannten. Ihr verborgener Stengel spannte und schob sich glänzend hervor. Ich atmete drauf.

Sie verübelte es mir die ganze Zeit hindurch, flüsterte Marlene. Und sie haßt dich wie die Pest. Besorg es ihr, damit sie lernt, dich zu lieben, wie ich dich liebe!

Ich begann zu ahnen, hier wurde ein religiöses Fest gefeiert. Wenigstens wies die heilige Handlung darauf hin.

Dagmar versuchte sich, um die Form zu wahren, in einigen abwehrenden Strampelbewegungen, die ihre Möse noch näher brachten und weiter aufklaffen ließen.

Ich nahm an, es handle sich um einen längst versiegten Brunnen.

Trink, mein Freund!

War ich nun besoffen, oder war es nüchterne Tatsache? Drang der Alkohol aus Marlenes Leib auf dem Wege der

Osmose in meine Zellen ein, besetzte er meine Ganglien? Lud meine hauseigenen Moleküle auf? Spannte meinen Organismus?

Unterstützt von Marlene, dementierte ich die von Dagmar bisher zur Schau gestellte Kälte. Begreifend mit den Nervenfasern, diesen Zungen der Haut, besitznehmend mit den Vorstößen und Rückzügen, die unser Leben bestimmen, den Generationen den Marsch blasen und die Leibeigenschaft des Menschen verewigen, leistete ich meine Dienste der Freundschaft.

Ich war wach und nicht wach, ich schlief und wachte auf und wurde geschlafen und aufgewacht, ich weiß kaum noch was von diesen Stunden, ich stöberte, geleitet von Marlene, in Dagmars tiefsten Schluchten und Landschaften umher, und irgendwann hörte ich Marlene mir ins Ohr flüstern: Heute ist alles gut, morgen aber mußt du fortgehen, denn sie wird es uns nie verzeihen können, daß wir ihr so viel Lust bereiteten. Sie ist eine von den Stolzen, Eifersüchtigen und Unnahbaren.

Kann sein, ich träumte auch diese erläuternden Worte.

Am Morgen, mit Blei auf der Zunge, als ich aufwachte, lag ich, angekleidet, das Köfferchen neben mir, die eine Hand am Griff festgebunden, vor der Wohnungstür. So viel ich auch dröhnte, fluchte und klopfte, es wurde mir nicht aufgetan. Ich pißte, mich verabschiedend, gegen die Schwelle.

Und versuchte es dort nie wieder. Manchmal begegneten wir einander in der Stadt. Nickten uns andeutend zu. Ich bin inzwischen ein wohlgesonnener, gesitteter, ein wenig graumelierter Herr und Familienvater geworden. Sie sind noch immer Freundinnen, ein Verbund gegensätzlicher Charaktere, die sich anziehen und alle ihre Abenteuer gemeinsam bestehen. Eine gewisse Dankbarkeit, die ich empfinde, ist nicht zu leugnen.

Eine Beziehung

Ingos Leben verlief im Gleichmaß der Made im Speck. Er hatte einige Filme gemacht, die ein paar Kritiker gut fanden, vom Publikum aber nicht wahrgenommen wurden. Es gelang ihm, die Gremien und Instanzen, die dazu da waren, anzuzapfen und sich nach jeder Niederlage die nächste finanzieren zu lassen. Im Grunde genommen wollte Ingo immer nur eine Geschichte erzählen. Da ihm das nicht gelang, ließ ihn sein Ehrgeiz nicht ruhen, und er dachte sich eine neue Geschichte aus, die ebenso mißlang. Inzwischen waren seine Freunde im Feuilleton dabei, seine erwiesene Unfähigkeit zum Erzählen einer Story in ein ästhetisches Plus umzuwerten. Sie behaupteten, Ingos Eigenheit, an einer Story zu scheitern und eine Geschichte nicht zu erzählen, sei die einzig moderne Art und Weise des künstlerischen Films, und mit der Zeit fanden sich in jeder Stadt ein paar Gutgläubige, die das akzeptierten. So hielten sich Ingos Kunstschöpfungen wenigstens in den größten Städten des Landes drei Abende hindurch.

Als Ingo seinen siebten Film abgeschlossen hatte, lernte er Etta von Elmshoven kennen, eine auf Film spezialisierte Journalistin, der der Ruf einer äußerst erfolgreichen Männerjägerin vorausging.

Sie trank nur Wasser und Limonade und verachtete Alkohol. Er hatte vor einem Jahr auf Wodka umgeschaltet und radebrechte seit seiner Teilnahme an einem Moskauer Filmfestival sogar ein wenig Russisch, was Etta entzückte, denn sie entstammte altem baltischen Adel, wenn auch verarmt und früh vom Osten in den Westen gekommen.

Als Etta drei Glas Wasser und Ingo eine Flasche Wodka getrunken hatten, zogen sie gemeinsam in Ingos Schwabinger Eigentumswohnung, die seine erfolglosen Hochkulturfilme immerhin abgeworfen hatten.

Etta warf ihre knappen Textilien ab wie eine zweite Haut, dies Ingos vorherrschender Eindruck, denn er war zwar ein ebenso erfolgloser wie erfolgreicher deutscher Filmemacher, doch keineswegs ohne Herz und Verstand. Die meisten seiner Einfälle bezog er aus langen Liebesnächten, was die Kritik wußte und sie dazu brachte, von Ingos großem Verständnis für feminine Belange zu schreiben.

Das war nicht gelogen. Ingo bedauerte ein wenig, nicht schwul zu sein, denn das enthielt ihm lange Liebesnächte mit männlichen Liebhabern vor und deren Einsichten und Ansichten. Die maskuline Lebenssicht prägte sich weniger in seinen Filmen aus. Ingo war ein durch und durch moderner, auf Kommunikation angewiesener Künstler. Sein Ego erwies sich nicht als derart bärenstark, daß es über hinreichende Energien und Subjektivitäten verfügt hätte. Nein, Ingo war zeitgemäß ich-schwach. Seine Natur blieb auf Zufuhr von außen angewiesen. Sein Glück bestand in seinem gefälligen Äußeren, das die Frauen und Mädchen als recht angenehm und anziehend empfanden. Also zogen sie sich gern für Ingo aus. Überdies hofften sie auf eine kleine Filmrolle. Zwar wußte eine jede, seine Filme gingen nicht, doch eine Rolle in einem erfolglosen Film ist immer noch tausendmal besser als in gar keinem.

Als Ingo und Etta in das breite Bett gestiegen waren, ergaben sich keine Umarmungen und flüchtigen Schmatzereien. Sie hatten nicht abgesprochen, wie das Programm verlaufen sollte, es war sowieso klar. Ingo war dafür bekannt, ein Aufnahmegerät zu sein. Die jeweiligen Qualitäten, Vorlieben und Abneigungen der städtischen Playboys sprachen sich in den Kreisen der Beischläferinnen durch Buschtelefon schnell herum. Es gab einige Kneipentreffpunkte in der

Stadt, wo die verfügbaren Bettgenossinnen ihre Erfahrungen austauschten – die Beischlafbörse. Dort vereinten sich gerade erst anfangende Superteenager und schon ein wenig angejahrte Hausfrauen, die vor dem unvermeidbaren Ausbruch der Wechseljahre schnell noch einmal den Geruch des Samens der großen Herrenwelt schnuppern mochten. Die Damen schütteten sich Kaffee mit Kognak ein bzw. Kognak mit Kaffee und gaben sich ihren weitgeschweiften Oratorien hin.

Ingo also mußte bedient werden, und wer sich von ihm abschleppen ließ oder ihn abschleppte, war auf einen kurzen heißen Akt abonniert und darauffolgende längere Nachtgespräche. Ingo habe große Ohren, hieß es, und kleine Eier, doch beides war nicht bösartig abwertend gemeint, ganz im Gegenteil. Die kleinen Ingo-Hoden reichten aus für die gewünschte Entspannung, und keine Frau der Welt reagiert unzufrieden, wird von ihr nächtliche Konversation gewünscht. Reden ist ihnen meist noch lieber als bumsen, denn dabei läßt sich lustvoller entleeren.

Ingo zählte weder zu den Eunuchen noch zu den endlosen Stieren. Etta wiederum konnte, wurde sie gefordert, unerhörte Leistungen bringen, doch begnügte sie sich mit platonischen Streicheleinheiten, wenn's denn sein mußte. Sie hatte, mit anderen Worten, ihren Sex voll instrumentiert und setzte ihren luftigen Körper als Waffe ein; das machte ihr Spaß. Eine gewisse Neigung zur Extravaganz und gar zur Perversion war ihr nicht abzusprechen, was ihren Ruf nur erhöhte. Man flüsterte ungeheure Dinge über Etta, und kein Mensch wußte, war sie wirklich so oder ließ sie sich derlei nur einfallen, das kluge Kind Schenkelschlank.

Tatsächlich besaß Etta unwahrscheinliche Säulen und einen berühmten Busen. Ihre Brüste befanden sich von Natur im Urzustand von Weltwundern. Es lag weniger an der Fülle, an der es ebenso wenig mangelte, als an der Form, am Schnitt der beiden Tatsachen. Sensationen dieser Größenordnung und Anordnung verraten ansonsten lediglich die gute Adresse eines Schönheitschirurgen. Den hatte Etta nicht nötig. Sie war tatsächlich so gewachsen.

Etta pflegte sich vor dem Clinch im Bett aufzustellen, leicht vornüberzubeugen und dem liegenden Mann ihre atemraubende Perspektive zu bieten.

Damit war die Fruchtbarkeitszeremonie garantiert. Etta legte, wenn es denn schon geschah, Wert darauf, befriedigt zu werden. Daß sie ihren Sex als Instrument ihres Jobs nutzte, war nicht zu leugnen, stand aber auf einem anderen Blatt. Überdies lautete die Quersumme ihrer Berufserfahrung, daß nur ein lustvoll entsamter Mann hinreichend eingestimmt worden ist. Etta holte aus ihren Beischläfern danach alles heraus, was in ihnen enthalten sein mochte. Eine Informationsquelle jedoch, die aus lauter Potenz und geiler Unruhe besteht, erweist sich als schwer ausschöpfbar und wenig ergiebig. Übrigens wußte Etta, die Welterfahrene, daß es ihr selbst nicht grundsätzlich anders erging. Hatte sie sich eine Quelle angelabert, stieg ihr die Erregung aus dem Bauch in den Kopf. Mit vernebeltem Kopf aber recherchiert es sich nicht gut. Etta nannte das: einen Kerl anbumsen. Sie meinte damit: ihn zureiten. Also war der Sex die Vorspeise, danach erst kam die Hauptmahlzeit. Etta war berühmt und ein klein wenig berüchtigt dafür, die geheimsten Dinge in Erfahrung bringen zu können. Natürlich hatten sich auch diverse Geheimdienste um Etta bemüht, Potentiale sollen nicht brachliegen. Die Gesellschaftsjungfrau versorgte die Presse mit den gewünschten Informationen, sie verfaßte selbst recht witzige, doppelsinnige Artikel und Serien, und wenn dabei noch was anderes abfiel, so wurden auch die geheimen Interessenten mitbedient, was einen schnellen Tausender nebenbei einbrachte, ohne besondere Anstrengung. So weit waren die Dinge gediehen, als etwas Unerhörtes passierte.

Der Zufall wollte es, daß Ingo in dieser Nacht der dargebotenen Nacktheit Ettas mehr als nur das übliche flüchtige Augenmerk schenkte. Es galt als üblich und war vollkommen normal und in Ordnung, daß ein Paar sich einen schnellen Fick leistete und danach einschlief. Was Ingo anging, so war den Mädchen auch hinreichend bekannt, es mußte danach noch geredet werden. Niemand jedoch konnte voraussehen, daß Ingo an den Formen der steil im Bett aufgerichteten Etta sich berauschen würde.

Diese überdeutliche und extraordinäre Aufmerksamkeit wiederum verwirrte Etta. Sie war bereit, Sex zu geben und Sex zu nehmen, doch die verzückte Ekstase des berühmten Knaben unter ihr erinnerte sie an die eigene Jugend, als derlei pubertäres Gehabe dazugehörte. Für einen Augenblick fühlte Etta ihr schönes kaltes Herz schmelzen. Der Junge ist süß, fuhr es ihr durch den Kopf. Daraufhin blitzte es, und der nachfolgende seelische Donner warnte Etta vor der Gefahr. Nur zugenähte Jungfrauen opfern dem Herrn mit Gefühlen. Etta war dem Zeitalter der Romantik entwachsen. Die Seelenlage ihres Beischläfers empfand sie als Zumutung, wo nicht Beleidigung. Wortlos sank sie auf die Matratze, Ingo den Rücken zuwendend, sich in eine laszive Form ausschwingend, den süßen Po stark nach hinten drükkend, und schon spürte sie Ingos Hände an ihren Hüften. Hau ihn rein, Junge!

Es ging ihr jetzt immer noch darum, zur notwendigen psychischen Entlastung zu kommen. Alle Welt wußte, wie notwendig der Orgasmus ist. Auch für Frauen. Nicht etwa nur für Männer, wie die Altvorderen gemeint hatten, diese Machosäue. Etta ließ sich bedienen, und als ihre Lust am höchsten war, geschah das gänzlich Unerwartete, das nie Vorhergesehene, das verdammt Revolutionäre, das wie ein Lauffeuer durch die Stadt ging und allgemeines Verwundern auslöste.

Um den Fall von der anderen Seite zu beleuchten, müssen wir eingestehen, Ingo wurde von dem Skandal genauso betroffen. Da hatte er mit der erprobten Routine des altbewährten Navigators seine und Ettas Potentiale bedient und hochgesteigert, da war er, im Zuge der unprogrammgemäßen Aufwallung seiner Gefühle zu Beginn, darauf aus gewesen, ihrer beider Orgasmen aufeinander abzustellen und eine gleichgestimmte Eruption anzustreben, da hatte er sich mehr als sonst in Dienst gestellt und nehmen lassen, war mit feinem Gehör dem Anstieg der Erregungskurve und dem Lauterwerden des Pulses gefolgt, hatte arrangiert, sich angepaßt vermittels Abbremsung oder Steigerung, hatte seinem Gast im Bett die seltene Sensation eines wirklichen und wahrhaftigen Harmoniedoppelorgasmus (gleicher Zeitpunkt, gleiche Welle, gleiche Höhe) geboten, und was tat Etta?

Gerade als es so weit war, genau in dem Moment, als es geschehen sollte, wandte sie sich brüsk um und blickte ihm grausam wütend genau in die Augen.

So viel tödliche Feindschaft hatte Ingo noch nie erblickt. Das Gehirn gerann ihm in dieser Schreckzehntelsekunde. Das Blut stockte ihm in den Adern. Das Sperma verkochte vor seinen Ausgängen.

Ingo explodierte nach innen. Die ganze Nacht hindurch litt er an den Schmerzen.

Und Etta lachte gnadenlos.

Zwar behielt sie die gesellschaftliche Contenance, tat hinterher so, als sei nichts gewesen oder als sei es eine Bagatelle, etwas Ungewolltes und Zufälliges, sie benahm sich im Grunde genommen sogar nett und hilfsbereit, stellte eine Schüssel mit Wasser neben das Bett, tauchte ihren Seidenschal hinein und kühlte ihm die heißgelaufenen Eier, wobei sie Konversation machte und von ähnlich gelagerten Fällen berichtete, von denen sie gehört hatte.

Ich habe so was noch nie erlebt! stöhnte Ingo.

Woraufhin seine seltsame Partnerin gestand, selbst habe sie das auch noch nicht erlebt.

Und weshalb geschah es ausgerechnet jetzt?

Etta wußte keine Antwort darauf. Sie war von ihrer feindseligen Reaktion selbst überrascht worden. Glaub mir, es war nicht meine Absicht. Ich besaß keinen festen Plan dafür. Es geschah – nun, einfach spontan!

Gibt es nicht eine besondere Spinnenart, wo die Weibchen die Männchen gleich nach dem Akt auffressen?

Gibt es. Ich weiß nur nicht, ob nach dem Akt oder noch währenddessen.

Ein furchtbarer Gedanke, das! Ingo stöhnte. Es wurde ein seltsamer Laut daraus. In ihm entwickelte sich eine Idee, sie wurde unter Schmerzen geboren. Er litt darunter. Doch ist nicht jeder Geburtsvorgang schmerzhaft?

Ingo blickte auf die neben ihm ausgestreckt liegende Gespielin. In Gedanken stellte er sich die durchlittene Szene, dieses Schlachtengemälde, noch einmal vor.

Er dachte daran wie an eine Filmsequenz. Zwei Liebende im Clinch miteinander, im Moment höchster Erregung und Leidenschaft entringt sich der Frau ein Ausdruck haßvoller, tödlicher Feindseligkeit. Die Frau blickt den Mann an mit den Augen der Mörderin. Er erkennt sich als ihr Opfer.

Na, Ingo, sagte er sich, das hast du gleich ein wenig weiterentwickelt, wie? Er lachte auf und stieß einen Schmerzenslaut aus.

Was ist mit dir? Ist es wieder so schlimm, Ingo?

Es ist die Funktion des Zwerchfells, antwortete er sachlich, ein lachender Mensch setzt sein Zwerchfell in Schwingung, die Bewegungen gehen nach oben und unten. Ein intakter Leib wird beim Lachen keinen Schmerz fühlen. Ein kranker Körper aber spürt Schmerzen.

Bald wirst du wieder schmerzlos lachen können, Ingo!

Es kommt immer auf die Art und Weise der Betrachtung an und auf die Perspektive. Der sachgerecht instrumentalisierte Sex Ettas funktionierte fortan nicht mehr mit der gewünschten Perfektion. Ihr selbst war diese feindselige Regung, diese Beischlafstörung vollkommen unbekannt. Bis dahin hatte sie sich ganz und gar in der Hand gehabt und stets erreicht, was sie wollte. Sich immer so verhalten, wie es ihre Absicht war. Selbstverständlich fühlt eine Frau recht unterschiedliche Schwingungen, wenn sie mit einem Kerl ins Bett steigt. Natürlich ist sie mal mehr für und mal mehr gegen ihn. Mag auch sein, sie zeigt es ein wenig, läßt es anklingen, ihn merken, doch wird nie eine Tragödie daraus.

Im Verhältnis zwischen Etta und Ingo dagegen deuteten sich ganz neuartige Konflikte an. Sie ließen dem ersten Akt einen zweiten folgen, und sie beobachteten einander mit einigem Argwohn. Etta bereitete sich auf den zweiten Akt mit ungewohnter Sorgfalt vor. Sie nahm sich selbst, ihren Körper und ihre Psyche, ernster als sonst. Sie registrierte befriedigt, daß sie sich in gutgeöltem Zustand befand. Ihr Bauch spannte, ihre Brüste steilten, die Haut straffte in einem Tonus, wie ihn sonst nur ganz junge Mädchen aufweisen. Etta war scharf darauf. Sie blieb länger als geplant im Bad und prüfte mehrfach den Grad ihrer Feuchtigkeit. Ihre Temperatur wirkte leicht erhöht. Der Pulsschlag hatte sich gesteigert. Der Blutdruck ebenfalls. Mädchen, sagte sie sich, als sie sich nach dem Duschen trocken rieb, du befindest dich in optimaler Ausgangslage.

Zugleich fühlte sie sich ein wenig verunsichert. Es geschah zum erstenmal nach langer, langer Zeit, daß sie nicht mit einem Jungen ins Bett stieg, um hernach Ausforschungen zu betreiben und Informationen für den Job einzusammeln. Etta legte sich auch nicht wie beim erstenmal mit dem Rücken zu Ingo hin, sie wandten sich einander zu, und wie von selbst ergab sich die Missionarsstellung, Ingo oben, Etta unten, so hatte sie es sich ausgedacht, denn, hatte sie sich gesagt, diese Kraft der Feindseligkeit, die mich, wer weiß wieso und woher, plötzlich ergriffen hatte und gepackt hielt, diese ungeheure Kraft zeigte sich ja gerade infolge der eingenommenen Position in ihrer brutalen Überdeutlichkeit. Indem ich mich umdrehen mußte, das Gesicht zu dem hinter mir liegenden Ingo wendend, bekam die Feindseligkeit übergroßen Ausdruck. Liegen wir uns hingegen Gesicht zu Gesicht gegenüber, liegt es an mir, der feindseligen Regung zu steuern und sie weniger offen und brutal zu zeigen. Sie konnte ja die Augen schließen, wenn es sich anders nicht machen ließ. So Etta in ihren vorbereitenden Überlegungen. Wobei Ingo sich ähnliche Gedanken machte, wenn er auch, da nur der passive Teil, nicht jene gedankliche Klarheit erreichte, die Etta auszeichnete.

Ingo allerdings befand sich bei den Vorbereitungen auf ihren zweiten gemeinsamen Geschlechtsakt noch im Zustand seelischer Erschütterung. Ingo hatte mit vielen Frauen geschlafen und die unterschiedlichsten Reaktionen kennengelernt. Nie aber war es zu einer so erstaunlichen Szene äußerster Feindschaft gekommen, und gerade der glasklare Ausdruck von tödlicher Kälte, den er in Ettas Augen hatte wahrnehmen müssen, just in dem Moment, da das Gegenteil zu geschehen pflegte, genau dieser Haßhöhepunkt hatte ihn aus der Bahn geworfen.

Wer bin ich, sagte Ingo sich, daß mir dies widerfahren muß. Und er betrachtete Etta mit ganz anderen Augen, denn wenn wir uns unverhofft einem wahren Wundertier gegenübersehen, so bleiben wir an Ort und Stelle stehen wie geblendet.

Ingo begriff, er war auf Gelassenheit abonniert. Sein Leben verlief nie aufgeregt, jede Leidenschaftlichkeit lag ihm fern, und die einzige Revolution, zu der er sich aufraffen konnte, bestand in der Produktion seiner Filme, die allerdings niemanden aufregten. Seine Filme waren sein Markenzeichen. So sah er die Welt, und er sah die Welt so, weil er sie so erlebte: fremd, unbegreiflich, ein wenig schräg, mit winzigen Ironien versetzt, man nahm derlei eben hin, es war wie die Mädchen, die ihn am Abend ins Bett begleiteten und die Beine breiteten. Was anderes hätten sie miteinander tun sollen? Die Zeiten der großen Kriege, der heftigen Lieben und Revolten lagen hinter ihnen. Vor ihnen lag vielleicht der allumfassende Weltuntergang. Na und? Da sich nichts dagegen unternehmen ließ, erledigte sich das Problem von selbst. Und wenn es einen miterledigte, hatte man Pech gehabt. Oder Glück. Je nach Weltanschauung. Bis dahin aber ging man mit diesen süßen Hühnern auf die Matratze, damit die Nacht nicht gar so lang und eintönig werde. Sie fickten auch durch die Bank recht gut. Was hieß hier überhaupt gut, was hieß hier schlecht, manche waren heiß im Bett, andere weniger heiß, es hing auch davon ab, wieviel Strom man ihnen rüberkommen ließ. Du kannst so eine Herdplatte knapp anheizen und stark aufdrehen. Kommt auf deine Absichten an. Immerhin wärmten die sanften Mösen das kalte Bett.

Das zweite Treffen hatte Ingo nicht weniger vorbereitet als Etta. Als sie einander hochgesteigert hatten, verzögerten sie wie auf Kommando und belauerten einer den andern hinter nervenstark herabgesenkten Lidern. Etta beobachtete Ingo, um festzustellen, welche Reaktionen sich bei ihm zeigten. Und sie belauerte sich selbst, um für den Fall, daß diese unmögliche klare Feindseligkeit wieder von ihr Besitz ergreifen würde, gerüstet zu sein und sie zu tarnen.

Diesmal, dachte Etta, fast ein ganz klein wenig belustigt und mit einem vollkommen neuen und unbekannten Ziehen in den Leisten zum Nabel hin und wieder zurück, diesmal werde ich mich beherrschen, und da ich nicht vor dir liege, mein Junge, wirst du mich nicht dabei entdecken, daß ich mich umwende zu dir und dich anstarre.

Das hast du dir klug ausgedacht, Etta, dachte Ingo, daß du jetzt die verräterische Stellung meidest (für einen Augenblick war er versucht gewesen, sie doch in diese Position zu zwingen, er verwarf es, um nicht gar zu deutlich zu verraten, worauf er lauerte), und er nahm sich vor, um so cooler zu bleiben und die Ejakulation nicht freizugeben, sondern immer weiter hinauszuzögern, bis Etta gar nicht anders konnte und mit einem naturtreuen Jubel käme, das wollte er doch erst einmal sehen, ob diese süße Sause es fertig brächte, sich selbst im Moment der Explosion noch zu tarnen. Nein, er würde auf der Lauer liegen und sie nicht aus den Augen lassen, und er würde es erfahren, was da wirklich geschehen war und vielleicht wieder geschähe. War es denn möglich, war es denkbar, war es Tatsache, daß eine Frau im Augenblick der intimsten Nähe (Ingo dachte hier schon ein wenig konventionell abgeschwächt und filmreif, so wie andere druckreif denken vor lauter Selbstzensur) ein

Bild, ein Symbol der vollkommensten Feindschaft bieten konnte?

Und er stellte sich jenen Moment erneut vor Augen, rief ihn ab aus der Erinnerung, na, das war keine außergewöhnliche Leistung, lag zwei Tage zurück, war vorgestern nacht geschehen. Was war denn geschehen? Oh, Etta, die Sau, dieses Miststück, diese erstaunlichste Ausprägung des Weiblichen, hatte ihn, als es ihr und ihm vereint kam, angesehen, als müßte sie ihm im nächsten Moment ein Messer ins Herz stechen. So viel Haß, Feindschaft, tödlichen Ekel hatte Ingo nie in seinem vorherigen Leben erblickt. Ja, er hatte die Existenz einer solchen Feindschaft nicht einmal für möglich gehalten. Was also ging in Etta vor?

Ein Seelendrama! durchfuhr es Ingo, als er nach seinem Orgasmus wieder unter die Bewußten zurückkehrte, aus dem Tal der Bewußtlosen, wo die Erschöpften von mütterlichen Grazien gehütet werden. Er war, in diesem Ringen, der Unterlegene, denn ihn hatte es schließlich überwältigt, während Etta ihren Orgasmus kühl durch die Wogen ihres langen Liebeskampfes gesteuert hatte. Hinterher, er nahm es in seinem Zustand nur scheinhaft und verschleiert wahr, hatte sie sich mit dem Finger befriedigt. Ein Indiz mehr für ihre Willensleistung, sich von ihm nicht hochbringen zu lassen, um sich nicht preisgeben zu müssen. Sie haßt mich mit der ganzen ungestümen Kraft ihrer wilden Seele, dachte Ingo, und ein bisher unbekanntes Gefühl ergriff von ihm Besitz.

Sie trieben es in der nächsten Zeit so wild und heftig, daß man sie Adam und Eva nannte und die Vertreibung aus dem Paradies gemeint war. Sie versuchten sich einander zu entfremden, schliefen jedes mit andern und gefielen sich in wüsten Dreiern und Vierern und Fünfern. Sie vergewaltigten einander, bestreikten einer den andern, setzten ganz und gar auf die Urmacht Eifersucht, und als alles nichts half, warfen sie ihre allerletzten stillen Reserven in den Kampf und waren einander treu, was die Kräfte der Leidenschaft noch am ehesten verdirbt und endlich versagen läßt.

Es war nichts zu machen und kein Ziel zu erreichen für sie. In einer unendlichen Abfolge von Feindseligkeiten fickten sie sich durch ihre Nächte bis ans Ende ihrer Tage. Immerhin gelang Ingo mit dem Film »Eheliche Liebe« ein Welterfolg. Es war die Geschichte ihrer Beziehung. Sie ließen sich in diesem klassischen Filmwerk des exzessiven Neonaturalismus selbst filmen, in den archetypischen Situationen, und der Streifen zeigt dokumentarisch auf, wie sie leben und lieben, Ingo mit dieser und jener Frau, ein Akt der Sachlichkeit, Etta mit diesem oder jenem Mann, eine freundliche, liebevolle, wo nicht spielend-zärtliche Begegnung. Treffen Ingo und Etta aber aufeinander, steht die Welt in Flammen, von ihrer Feindschaft zehren die Feuer der Hölle und die Kinobesitzer von aller Herren Ländern, denn die ewige, unbesiegbare menschliche Feindschaft ist es, die Kasse macht und alle Herzen schneller schlagen läßt, bis das große Herz der Welt im kalten Feuer erstarren wird.

Karrieren

Als sie die Liebe entdeckte, liebte sie mit frenetischer Glut und Hingabe.

Als Meisterin des Orgasmus geriet sie an einen Weltmeister des Genusses. Er steigerte ihrer beider Orgasmen, indem er Drogen zu Hilfe nahm.

Um in den Besitz von Drogen zu kommen, mit denen der Genuß sich steigern ließe, verkaufte sie ihre Liebe, um Drogen kaufen zu können, mit denen die Liebe sich steigern würde.

Da sie immer mehr Drogen benötigten, um einander lieben zu können, schränkten sie die Zeit für ihre Liebe ein, um mehr Zeit für die Liebe zu erübrigen, die sie brauchten, Geld zu bekommen für den Ankauf von Drogen.

Bald liebten sie nur noch die Drogen, und um an sie ranzukommen, verzichteten sie auf alle Liebe, die kein Geld für Drogen brachte.

Sie endete auf einer Nadel im Bahnhofsklo.

Er entdeckte eine andere junge Liebe.

Erektives Oratorium

Hören Sie, sagte er zu der Frau, die sich an seinen Tisch gesetzt hatte mit einer höflichen Direktheit, die ihn besorgt machte, hören Sie bitte, ich bin nicht der Tapfersten einer. Wenn Sie etwas im Schild führen sollten, muß ich Sie warnen. Ich habe schon viele enttäuscht. Die Strecke meines Versagens ist unendlich länger als die meiner Siege. Meine Kindheit, müssen Sie wissen, geschah im Schatten starker Frauennaturen. Ich wagte nie Einspruch, und wie hätte ich anflüstern können gegen die starken Busen, die mich umgaben. Und die starken Gesichter erst, die hoch über mir hingen, mit runden Augen voller Feuer, mit langen Nüstern und starken Zähnen in rotgelackten Mündern, aus denen es dampfte.

Der Kellner, ein blitzgescheiter Italiener, erschien. Die Frau bestellte ein Kännchen Kaffee. Sie zündete sich eine Zigarette an und ignorierte seinen ungeschickten und viel zu langsamen Versuch, Feuer zu geben.

Sie richtete sich auf, warf den Kopf in den Nacken, spannte die Bluse, daß ihre Brüste sich deutlicher abzeichneten. Sie warf die Schultern zurück und stieß den Rauch aus, dem sie versonnen nachblickte.

Er sagte: Wenn Sie sich von mir nichts erwarten, ach was, wenn Sie sich noch weniger als nichts erwarten, werden Sie auch nicht enttäuscht sein. Ich habe Fremde stets enttäuscht. Und Freunde noch mehr. Das sollten Sie unbedingt wissen, bevor Sie Ihre wertvolle Zeit mit mir vergeuden. Ich bringe einfach nichts zustande. Nicht im Beruf, nicht im Leben.

Sie musterte ihn scharf. Ihr Gesicht blieb unbewegt, nur die Lippen hoben sich um einen Hauch voneinander, als sie ergänzte: Nichts in der Hose.

Er blickte der Frau jetzt direkt in die Augen, die sich matt abtarnten, mit einem samtenen Schimmer, golddurchwobenes Braun, und ein Strich schräg hindurch wie bei Katzen. Es ist nicht etwa so, daß ich gar keine Erfolge aufzuweisen hätte, setzte er seine Rede fort, ich bin ein mit Maßen erfolgreicher Mann, was mein Leben angeht, Einzelgänger gewiß, doch keineswegs mittellos. Meine Familie ist alt und hat Besitz. Ich werde genug erben, mein Job bringt so viel, wie ich benötige. Sie beobachten meine Reaktionen, wie ich feststellen muß, Sie kamen gewiß nicht ganz zufällig an meinen Tisch. Ich halte es für ein Gebot des Anstands und der Ehrlichkeit, daß ich Ihnen reinen Wein einschenke. Sie sollen nicht übers Ohr gehauen werden. Sie sollten nicht hinterher sagen, ich hätte Sie im unklaren gelassen. Bitte sehen Sie es mir nach, wenn ich mich ungeschickt verhalte. Falls ich die Sicherheit, mit der Sie herantraten und darum baten, an diesem Tisch Platz nehmen zu dürfen, nicht gänzlich verkehrt interpretiere, muß ich schlußfolgern, Sie bewerten mein Äußeres falsch und erhoffen sich von meiner Gesellschaft all das, was ich nie zu leisten vermag.

Ich verlange nichts! sagte die Frau.

Worte sind Schall und hohl. Er musterte die Frau mißtrauischer als vordem. Bisher hatte er höflich und besonnen gesprochen. Nun steigerte er sich in eine Pose, die fast Ablehnung ausdrückte. Sie wundern sich, daß ich hier im Wartesaal sitze und Ihre Bitte nicht abschlug, an meinem Tisch Platz zu nehmen? Nun, so lassen Sie mich Ihnen erklären, daß ich oft an diesem Tisch sitze und weder verreisen werde noch angekommen bin. Nein, ich wohne hier in der Stadt. Es ist mir auch keineswegs unangenehm, mit Fremden Gespräche zu führen. Ich führe gern Gespräche, mit Männern oder Frauen. Es wäre mir nur unangenehm, wenn Sie enttäuscht würden von mir. Ich lege Wert auf die Feststellung, daß Sie nichts erwarten dürfen, ausgenommen Worte. In Worten nämlich bin ich groß, wenn ich das so einfach feststellen darf. Ich bestehe aus Worten und nichts als Worten. Worte sind meine Welt. Sonst ist mit einem wie mir nichts anzufangen.

Sie sehen gut aus! stellte die Frau fest.

Das sagten meine Eltern auch. Meine Schwestern sagten es, meine Tanten und Basen. Meine Freundinnen sagten es. Oh – glauben Sie nur ja nicht, ich hätte keine Freundinnen gehabt. Ich wuchs auf unter ganzen Schwärmen. Ich war, solange ich zurückdenken kann, stets von starkbusigen Freundinnen, Schwestern, Müttern, Bedienerinnen, Sekretärinnen umgeben.

Sie scheinen aus einem Großbetrieb zu stammen.

Es herrschte Leben bei uns. Betrieb. Geselligkeit war die Devise meiner Familie, schon seit Generationen. Wir sind uralter Adel. Die Geschichte des Landes ist voll von den Untaten meiner Familie. Sie wurde reich davon. Unaufhaltsam stieg sie auf und stellte Minister, Generale, Wirtschaftskapitäne.

Und Sie sitzen im Wartesaal mit nichts in der Hose! stellte die Dame fest.

Es ist ehrlicher, ich offenbare mich gleich zu Beginn des Gesprächs. So bringe ich Ihre Erwartungen schon zu Anfang auf Null. Ich dachte gleich, als Sie vorhin hereinkamen, das ist gewiß eine sehr lebensstarke Dame, die da hereinkommt in den Wartesaal. Sie müssen wissen, wenn ich einer starken, vitalen Dame ansichtig werde, sinkt mir sofort das Herz in die Hose –

Ach? Und ich nahm an, Sie hätten nichts in der Hose!

Schon die Art, wie Sie mich unterbrechen, zeigt mir, Sie sind ganz aus dem Holz meiner Mutter, meiner Schwestern, Basen und Freundinnen geschnitzt. Ich spüre Ihre Hände auf meiner Haut und –

Und?

Und.

Sehen Sie sich meine Hände an. Ist etwas gegen meine Hände einzuwenden?

Ich suchte mich Ihnen gleich zu Beginn unserer Bekanntschaft zu erklären. Erwarten Sie bitte gar nichts von mir. Begreifen Sie? Gar nichts!

Zwischen meinen Händen und Ihrer Haut steht ein Meter Luft!

Ich spüre Ihre Begehrlichkeit und die Energie Ihrer Muskeln und Wünsche durch die Luft. Ihr Wille dringt durch das Nichts, das zwischen uns sich erstreckt.

Sie sind ein Philosoph, mein Herr!

Ich bin es im ständigen Bestreben, mich zu erklären, geworden, müssen Sie wissen. Ein Mann hat nur die Wahl, sich entweder zu ergeben oder zu entziehen.

Und Sie entziehen sich.

Ich habe mich stets sauber gehalten, pünktlich meine Schulaufgaben erledigt, mein Abitur gebaut, meinen Wehrdienst geleistet. Ich habe meiner Mama zum Geburtstag gratuliert, der Familie keine Schande bereitet. Ich lese Zeitung, sehe fern, überprüfe meine Konten mit Gelassenheit. Kurzum, mein Gesicht ist auf keinem Steckbrief zu erblikken. Was berechtigt Sie also, sich an meinen Tisch zu setzen?

Ich sah, daß ein Platz frei ist.

Ich bot Ihnen gern den freien Platz an.

Weshalb beschweren Sie sich dann?

Wegen Ihres Gesichts!

Wegen meines Gesichts?

Es drückt Gewalttätigkeit aus.

Das wagte noch nie jemand zu mir zu sagen. Und außerdem stimmt es nicht.

Ich rede nicht von der räuberischen Gewalttätigkeit, sondern von der Gewalt der Schönheit und der Anmut, der Anziehungskraft und des Charmes.

Ich bin mir keiner Schuld bewußt.

Sie zählen zu den schuldlosen Gewinnern.

Ich gab Ihnen nicht den geringsten Grund zu der Annahme, ich würde Sie berauben. Ich trat Ihnen nicht mit einem feuchten Blick zu nahe.

Sie beliebten vorhin Ihre Brüste herauszudrücken.

Nichts als eine natürliche Folge der Atemtätigkeit.

Damen wie Sie, gnädige Frau, bestehen aus vielen natürlichen Folgen.

Mir scheint, Sie hegen obszöne Gedanken.

Ich weiß, Sie wären beleidigt, hegte ich sie nicht.

Jetzt mal ganz offen und ehrlich: Haben Sie was in der Hose oder nicht?

Direkte Fragen sind mir ein Greuel. Ich pflege nie auf unanständige Angebote zu reagieren.

Um mit Sigmund Freud zu sprechen: Haben Sie Ihren hauseigenen Kastrationskomplex schon überwunden?

Kennten Sie, gnädige Frau, meine Mama, wüßten Sie, daß ich nicht im Traume daran dachte, mit ihr zu schlafen.

Ihren Papa fürchteten Sie dennoch?

Sollte ich nochmals auf diese Welt kommen, dann nur als mein eigener Vater.

Für einen mit nichts in der Hose haben Sie allerhand Grips im Kopf.

(Die Dame wirft ein Geldstück auf den Tisch und erhebt sich.)

Sie wollen mich verlassen?

Mein Zug geht gleich.

(Er erhebt sich ebenfalls.)

Darf ich einen Wunsch äußern, gnädige Frau?

Wenn er schön unanständig ist, mein Herr.

Nur ein klein wenig.

Was wollen Sie also?

Ich möchte Sie umarmen.

Umarmen? Hier mitten im Wartesaal?

Anständig, züchtig, höflich, bitte –

Meinetwegen –

(Er tritt auf sie zu. Beide umarmen einander. Sie fährt mit dem Kopf zurück.)

Ist etwas, gnädige Frau?

Ich glaube fast, ich habe Sie falsch eingeschätzt –

(Sie treten jeder einen Schritt zurück.)

Wie meinen Sie das, werte Dame?

Sie haben ja doch was in der Hose!

(Sie strebt dem Ausgang des Wartesaals zu, er geht zu seinem Stuhl zurück.)

Haben Sie nichts zu antworten auf meine provokatorische Feststellung, mein Herr? ruft sie ihm, sich entfernend, zu.

Oh – intellektuelle Gespräche machen mich immer an! Er sinkt auf seinen Stuhl zurück und bestellt beim Ober, der unnachahmlich vorüberwieselt, ein Bier.

Sie haben ja doch was in der Hose!

(Sie strebt dem Ausgang des Wartesaals zu, er geht zu seinem Stuhl zurück.)

Haben Sie nichts zu antworten auf meine provokatorische Feststellung, mein Herr? ruft sie ihm, sich entfernend, zu.

Oh – intellektuelle Gespräche machen mich immer an! Er sinkt auf seinen Stuhl zurück und bestellt beim Ober, der unnachahmlich vorüberwieselt, ein Bier.